# HEAVENFIELD HEARTS

Eingeschneit mit Mr. Right

CLARA GABRIEL

Clara Gabriel
Köbbinghauser Hammer 20
58840 Plettenberg
https://claragabriel.de
post@claragabriel.de
ISBN: 978-3966989084

Lektorat:
Claudia Pietschmann
ebooks-perfekt.de

Coverdesign:
Clara Gabriel
Bildmaterial Shutterstock @andysavchenko @gpointstudio @Pasko Maksim
@Angyalosi Beata @Volodymyr Martyniuk

# Kapitel Eins

Man sagt, nirgendwo sei der Himmel so blau wie über Heavenfield. Darum hat mich meine Mom auch nach ihm benannt: Skye, denn meine Augen haben genau die gleiche Farbe. Ein makelloses, perfektes Blau. Das sei das Zeichen, dass ich ein Kind des Himmels sei, sagt Mom immer, doch aktuell plagen mich ganz irdische Probleme: Die alte Miss Higgins ist nicht ganz dicht, im wahrsten Sinne des Wortes. Deshalb hat sie sich gerade zwischen den Säcken mit Düngemittel und Pferdefutter die Unterhose heruntergezogen und ein Bächlein gemacht, mitten im Gang. Durch das Plätschern bin ich erst auf sie aufmerksam geworden und starre jetzt fassungslos auf die Pfütze, die sich langsam über die Fliesen ausbreitet, während Miss Higgins die Unterhose wieder über ihren knochigen Hintern zieht. Absurderweise trägt sie ein Modell für kleine Jungs. Vorne hat es einen Eingriff und ist mit einem Spiderman-Muster bedruckt. Während ich mich noch frage, wer für die alten Leute im Heavenfield Retirement Home eigentlich die Klamotten kauft, poltert Mr. Munroe hinter mir los.

»Wie oft muss ich denen noch sagen, dass sie die alte Schachtel nicht frei rumlaufen lassen sollen?« Er packt

Miss Higgins an den Schultern und schiebt sie Richtung Ausgang.

»Wisch das weg, Cooper«, schnauzt er mich im Gehen an.

Mr. Munroe ist der Besitzer von Munroe's Hardware & Depot, dem örtlichen Baumarkt. Er behandelt seine Angestellten, als wären wir ein Football-Team und er unser Coach. Deshalb spricht er alle auch grundsätzlich nur mit Nachnamen an und bellt uns knappe Befehle zu.

Missmutig starre ich auf die Pfütze. Wieso passiert so was immer mir und warum fünf Minuten vor Feierabend?

»Wofür hab ich eigentlich studiert?«, murmele ich seufzend vor mich hin und mache mich auf die Suche nach Mopp und Eimer, um den Schlamassel zu beseitigen.

Eigentlich kann ich froh sein, überhaupt einen Job gefunden zu haben. In einer Stadt wie Heavenfield sind die freien Stellen dünn gesät. Deshalb schufte ich für Mr. Munroe. Nur übergangsweise, bis ich hoffentlich nächstes Jahr im Sommer eine Stelle als Lehrerin für Englisch und Literatur in Nashville antrete, um bei Aaron zu sein. Er arbeitet dort im Büro von Marsha Woodworth Blacksmith, die als Abgeordnete für das County im Senat des Staates Tennessee sitzt. Deshalb hat Aaron gesagt, wir sollen lieber erstmal die Wahlen abwarten, die in zwei Wochen stattfinden, bevor ich mich bewerbe. Wer weiß, wo er nächstes Jahr sein wird. Aber ich bin mir sicher, dass sie gewinnen wird. Außerdem kann ich als Lehrerin überall arbeiten und bin bereit hinzugehen, wohin uns seine Karriere verschlägt. Vielleicht ja sogar bis nach Washington!

Schnell wische ich Miss Higgins' Bächlein auf und husche zu den Personalräumen, wo ich das Poloshirt mit dem Logo des Baumarkts gegen meine weiße Bluse tausche. Ich bin heute mit ihm verabredet, Aaron will mich zum Essen ausführen.

»Bis Morgen!«, rufe ich meiner Kollegin Julia zu, denn ich will pünktlich sein, und trete um Schlag sechs durch die Vordertür. In dem Laden halte ich es keine Sekunde länger aus als nötig. Jetzt nur noch schnell duschen und umziehen und dann los.

Ich haste über den Parkplatz und wühle in der Handtasche nach meinem Schlüssel, als plötzlich ein Auto auf mich zuschießt. Mit quietschenden Reifen kommt es zum Stehen, erwischt mich aber trotzdem mit der Stoßstange am Knie und ich gehe zu Boden. Unsanft lande ich auf meinem Hinterteil, meine Kiefer krachen so heftig aufeinander, dass ich einen Moment lang Sterne sehe.

Schmerzerfüllt reibe ich mein Schienbein. Das gibt bestimmt einen ordentlichen blauen Fleck. Endlich bequemt sich der Typ mal auszusteigen. Wurde auch langsam Zeit. Der Schirm seines Baseballcaps ist tief in die Stirn gezogen. Außerdem trägt er eine Sonnenbrille und einen dichten dunklen Vollbart, sodass ich von seinem Gesicht kaum etwas erkennen kann, als er auf mich zukommt.

»Können Sie nicht aufpassen, Sie Idiot?«, fluche ich und begleite meine Worte durch eine passende Geste.

»Ist Ihnen was passiert?« Er streckt mir die Hand entgegen, um mir hochzuhelfen, und ich ergreife sie reflexartig.

Er ist gar nicht so viel größer als ich. Ich spiegele mich in den Gläsern seiner Sonnenbrille, sodass ich in meine Augen blicke statt in seine.

»Sind Sie verletzt?«

»Nein«, antworte ich. »Aber wenn Sie dieses dämliche Ding absetzen würden, hätten Sie mich vielleicht auch gesehen.«

Er kommt meiner Aufforderung nach und im gleichen Moment wünschte ich, er hätte es nicht getan. Seine Augen sind grün, ein funkelndes Smaragdgrün, um genau zu sein, und der Blick, mit dem er mich ansieht, geht mir unter die Haut. Ein gehetzter Ausdruck liegt darin. Als ob er vor etwas auf der Flucht ist, schießt mir durch den Kopf. Dennoch braucht er hier noch lange nicht so rumzurasen.

»Das ist ein Parkplatz, falls es Ihnen nicht aufgefallen ist«, motze ich weiter und komme langsam in Fahrt. »Hier gilt Schrittgeschwindigkeit. Aber anscheinend hat man in …« Ich unterbreche mich, um einen Blick auf sein Kennzeichen zu werfen. »In Memphis hat man anscheinend noch nie davon gehört.«

»Tut mir leid«, sagt er zerknirscht und ich kaufe es ihm sogar ab. »Eigentlich wollte ich nur nach dem Weg fragen«, sagt er. »Moment, ich suche die …« Er geht zurück zu seinem Auto, beugt sich hinein und kommt mit einem Zettel zurück. »Abrams Creek Road.«

»Ein Stück die Straße runter«, sage ich und deute in die Richtung. »Und dann hinter der Tankstelle die Nächste rechts.«

Ein dünner Schweißfilm bedeckt seine Stirn. Kein Wunder, mit der gefütterten Collegejacke ist er viel zu warm angezogen. Zugegeben, heute ist es ungewöhnlich mild für einen Tag Anfang November. Aber das hier sind die Smokies, Mann. Er sieht aus, als hätte er sie mit den Rocky Mountains verwechselt.

Ich frage mich echt, was der Typ hier will. Da oben gibt es entweder die Ranger-Station oder, was wahrscheinlicher ist, er sucht den Campingplatz.

Bestimmt ist er einer dieser Hipster, die nur mal schnell zu den Abrams Falls raufwandern, um ein Selfie vorm Wasserfall zu machen und es dann auf Instagram zu posten. Von Memphis aus ist es eine bequeme Tagestour, deshalb rennen immer mehr von diesen Spinnern hier rum.

»Viel Spaß!«, wünsche ich ihm und lasse ihn einfach stehen. Ich hab echt Besseres zu tun, als mich mit einem dieser lästigen Tagestouristen herumzuärgern, und will nur zu Aaron. Jetzt bloß noch schnell zu Hause vorbei, dann kann ich endlich los. Was für ein Scheißtag!

Im Vorgarten stolpere ich über Mileys Dreirad, wobei man dieses wilde Gestrüpp aus Unkraut und ungepflegtem Rasen nun wirklich nicht als »Garten« bezeichnen kann.

Als ich die Haustür aufschließe, kommt mir ein kläffendes weißes Fellbündel entgegengeschossen. Es wieselt hektisch um meine Beine und bringt mich erneut fast zu Fall. So langsam reicht es, ich habe die Schwerkraft für heute bereits genug getestet. Sie funktioniert noch, so viel steht fest.

»Mom!«, brülle ich, denn ich kann mir denken, wer für dieses haarige Etwas zwischen meinen Beinen verantwortlich ist.

Meine Mutter ist im Bad und macht sich für die Arbeit fertig. Sie streckt den Kopf in den Flur. Ihr goldblondes Haar, das ich von ihr geerbt habe, ist zu einem lockeren Messy Bun geknotet.

»Hi Schatz!«, sagt sie fröhlich. »Wie war dein Tag?«

»Grauenhaft«, antworte ich wahrheitsgemäß. »Was zum Himmel ist das?« Ich zeige auf den kleinen Hund.

»Oh, das ist Snowball«, sagt sie und fährt fort, sich die Wimpern zu tuschen. »Er ist ein Malteser.«

»Das sehe ich selbst, aber wo kommt der her?« Als ich heut Morgen das Haus verlassen habe, war er jedenfalls noch nicht da.

»Ashley ist Hals über Kopf nach Texas zurückgegangen und konnte ihn nicht mitnehmen.«

Na super! Hätte ich mir ja denken können, dass er einer der Tänzerinnen aus dem Stripclub gehört, in dem Mom arbeitet. Heutzutage nur noch hinter der Theke, aber früher hat sie selbst getanzt. Gott sei Dank sind die Zeiten vorbei.

»Und deshalb haben wir ihn jetzt?«, frage ich entgeistert. »Wir sind doch kein Tierheim.«

»Skye, Schatz, nun sei nicht so«, quengelt Mom. »Er ist doch ganz klein und macht gar nicht viel Arbeit.«

»Ja, und ich weiß jetzt schon, an wem die wieder hängen bleibt«, prophezeie ich düster. Wir haben bereits zwei Katzen, drei Kaninchen und ein Meerschweinchen, um die ich mich kümmern darf, weil meine kleinen Geschwister es nicht tun.

»Die Kleinen lieben ihn.« Sie klimpert mich mit dick getuschten Wimpern an.

Das ist mal wieder so typisch! »Natürlich lieben sie ihn«, stöhne ich entnervt. »Mylie ist fünf, alle kleinen Mädchen lieben Hunde.«

»Eben«, sagt Mom. »Savannah findet ihn auch ganz toll.«

»Sie ist acht!« Irgendwie hat Mom das Prinzip noch nicht verstanden.

»Der Hund kann doch nichts dafür, dass Ashley wegmusste.«

»Aber das ist kein Hund«, protestiere ich. »Ein Labrador ist ein Hund, von mir aus auch ein Golden Retriever. Ein Hund ist groß und hundig und überhaupt. Das ist ein …« Ich starre das weiße Fellknäuel an und suche nach Worten.

»Ein Muschilecker«, vollendet Mom meinen Satz.

»Mom!«

»Was denn, ist doch so«, sagt sie achselzuckend. »So nennt man diese kleinen Schoßhündchen, die …«

»Ich will es gar nicht wissen«, unterbreche ich sie und halte mir demonstrativ die Ohren zu. »In deiner Welt vielleicht«, füge ich hinzu. »In meiner Welt würde man sagen: Das ist ein Tussi-Hund.«

»Dann passt er ja ganz hervorragend zu dir«, gibt Mom ungerührt zurück.

»Mach mal Platz«, verlange ich und schiebe sie ein Stück beiseite, um mich schnell ein wenig frisch zu machen.

»Willst du noch weg?«

»Ja, Aarons Chefin hatte heute einen Termin in Maryville, wir treffen uns da«, antworte ich, während ich selbst ein bisschen Mascara auftrage – dezentes Braun statt Nachtschwarz.

»Wann stellst du ihn uns eigentlich vor?« Mom betrachtet mich neugierig von der Seite.

»Bald«, antworte ich ausweichend.

»Ihr seid jetzt seit zweieinhalb Jahren zusammen, da darf ich wohl mal meinen zukünftigen Schwiegersohn kennenlernen«, mault Mom. »Oder gibt es einen Grund, warum du ihn vor uns versteckst?«

»Dich«, gebe ich scherzhaft zurück, obwohl es kein Scherz ist.

Ich verstecke *sie* vor *ihm*, weil mir meine Familie peinlich ist. Außerdem ist Aaron das komplette Gegenteil von Moms Männern: aufrichtig, strebsam, karriereorientiert. »Ich will nicht, dass du mit ihm flirtest.«

»Keine Angst, ich stehe nicht auf die Langweiler, die du dir immer aussuchst«, sagt Mom und schnappt sich ihre Handtasche. »Ich muss los, zur Nachtschicht.«

»So willst du rausgehen?« Mit hochgezogener Augenbraue mustere ich ihren Aufzug. Wie immer trägt sie zu viel Make-up. Dazu ein weißes T-Shirt, das sie unter ihrem Busen zusammengeknotet hat, damit es bauchfrei ist, und Hotpants, die gerade so ihren Hintern bedecken.

»Wieso nicht?«, fragt Mom und dreht sich einmal um

ihre eigene Achse, was mir einen Rundumblick auf ihre unzähligen Tattoos beschert.

»Zieh dir wenigstens eine Jacke über«, sage ich und verdrehe die Augen. »Es ist Anfang November und kalt draußen.«

»Jaaaa«, stöhnt Mom genervt und schnappt sich ihre Biker-Jacke aus Leder. Gott, sie ist siebenundvierzig und gleichzeitig der schlimmste Teenager der Welt! Manchmal habe ich das Gefühl, sie wird nie erwachsen.

Dass Mom früher selbst gestrippt hat, merkt man spätestens daran, dass wir Mädchen alle so bescheuerte Stripperinnen-Namen tragen: Skye, Heavenly, Ginger, Savannah und, ja, meine jüngste Schwester wurde tatsächlich nach Miley Cyrus benannt!

Insgesamt sind wir sechs Geschwister mit fünf verschiedenen Nachnamen. Die Einzigen, die denselben tragen, sind unser ältester Bruder Ryan und ich. Cooper. Meine Halbschwestern heißen alle wie ihr jeweiliger Erzeuger. Im Prinzip wäre das ja noch okay, wenn Mom nicht jeden dieser Idioten sofort geheiratet hätte. Tief in ihrem Herzen ist sie halt eine hoffnungslose Romantikerin. Aber vor allem ist und bleibt sie die schrecklichste Mutter der Welt. Hashtag #WorstMomEver.

Deshalb habe ich mir eins geschworen: Ich werde nie so werden wie sie. Keine Tattoos, keine bauchfreien Shirts mit Ende vierzig und definitiv werde ich keinen Loser heiraten, sondern …

Aaron! Ich werfe einen hektischen Blick auf mein Handy und entdecke eine Nachricht von ihm.

*Tut mir leid, es wird länger dauern. Aus unserem Treffen wird leider nichts.*

*Schade, hatte mich so darauf gefreut.*

*Ich mach's wieder gut, versprochen!*

Das wird er, ich weiß es. Trotzdem bin ich enttäuscht. Gerade heute hätte ich seine Nähe gebraucht. Ein wenig Normalität und Stabilität in diesem ganzen Chaos. Was für ein Scheißtag!

*Wann?*

*Wie wär's mit morgen? Ich dachte, du könntest übers Wochenende zu mir kommen. :)*

Die Nachricht stimmt mich augenblicklich versöhnlicher. Freud und Leid liegen in einer Fernbeziehung eben immer nah beisammen, denke ich seufzend. Aber egal, ein ganzes Wochenende mitten im Wahlkampf ist mehr, als ich zu hoffen gewagt hätte.

# Kapitel Zwei

Der Beinahe-Unfall steckt mir immer noch in den Knochen. Keine Ahnung, wo die so plötzlich herkam. Seit mir die Frau vors Auto gelaufen ist, fühle ich mich zittrig. Die Situation hat unschöne Erinnerungen in mir geweckt, an die Schreie, all das Blut, das Geräusch der Sirenen, die die Dunkelheit durchschneiden.

»Reiß dich zusammen, Josh!«, murmele ich vor mich hin und konzentriere mich wieder auf die Strecke.

Außerdem war sie ganz schön pampig. Die Leute auf dem Land hatte ich mir irgendwie netter vorgestellt.

Aber anscheinend hat mich die Spießer-Tussi sowieso verarscht. Die Straße endet auf dem Parkplatz eines Campingplatzes. Das Haus, das ich suche, gibt es hier nicht.

Fluchend wende ich den Wagen und fahre zurück zu der Ranger-Station, an der ich vor ein paar Minuten vorbeigekommen bin. Zum Glück tritt gerade ein Typ in Cargohose, Weste und groben Boots aus der Tür und geht zu einem der Pick-ups, die vor der Station stehen. Ich lenke den Kombi seitlich dahinter und lasse das Fenster auf der Beifahrerseite herunter.

»Entschuldigung, ich suche die Abrams Creek Road Nummer 9.«

»Nummer 9?« Er legt den Kopf schräg und sieht mich mit einem seltsamen Blick an. »Warten Sie«, sagt er. »Ich bringe Sie hin, die Abzweigung ist ein bisschen schwierig zu finden. Fahren Sie mir einfach nach.«

»Äh …«

Bevor ich etwas erwidern kann, steigt er in den Pick-up, startet den Motor und legt den Rückwärtsgang ein, wie mir das Aufflackern der Rückfahrleuchten bestätigt. Er hätte mir auch einfach sagen können, wie ich dahin komme. Jetzt bleibt mir nichts anderes übrig, als zurückzusetzen und ihn rauszulassen. Dann wende ich den Kombi in der Parklücke, in der er eben noch stand, und folge ihm wieder die schmale Straße den Berg hinauf.

Nach etwa anderthalb Meilen biegt er kurz vor dem Campingplatz in einen Waldweg, an dem ich vorhin tatsächlich schon zwei Mal vorbeigefahren bin. Nach einer weiteren Meile hält er in einer Einfahrt und signalisiert mir mit dem Blinker, es ebenfalls zu tun. Also parke ich den Kombi daneben.

»Da wären wir«, stellt der Ranger fest, als ich aussteige. Von dem Holzhaus, zu dem die Einfahrt gehört, ist fast nichts zu erkennen. Die Zweige der umstehenden Bäume hängen tief über das Dach und die Vorderseite ist beinah komplett mit Sträuchern zugewuchert. Das ist es also. Mein Erbe. Ich sollte mich einfach umdrehen und wieder fahren.

»Danke, Kumpel«, sage ich und hoffe, dass er sich jetzt wieder verzieht.

»Nichts für ungut«, sagt der Ranger. »Haben Sie die Hütte gekauft?«

Ich schüttele den Kopf. »Geerbt.«

»Moment mal«, sagt er. »Sind Sie etwa Sams Sohn?«

»Genau. Josh«, sage ich und strecke ihm die Hand hin.

»Nick«, sagt er und schlägt ein. »Tut mir leid, was passiert ist«, fügt er hinzu.

»Keine Ahnung«, entgegne ich achselzuckend. »Was ist denn passiert?«

Meine Eltern haben sich getrennt, als ich sechs war. Seitdem habe ich von meinem Vater nie wieder was gehört. Bis vor zwei Wochen, als der Brief vom Nachlassgericht in Maryville kam, in dem stand, dass ich sein Haus in Heavenfield geerbt habe.

Ich wusste noch nicht mal, dass er hier lebt. Nur anderthalb Autostunden entfernt, aber in einer komplett anderen Welt, wie mir scheint.

»Das weiß man nicht so genau«, sagt Nick und sieht mich mit einem seltsamen Blick an. »Vermutlich hat er sich zu Tode getrunken. Er war eigentlich immer ziemlich blau.«

»Oh«, sage ich betreten.

»Ich hab mir Sorgen gemacht, weil ich ihn eine Weile nicht gesehen hatte. Erst habe ich mir dabei nichts gedacht, aber nach ein paar Tagen bin ich hergefahren und …« Er schluckt.

»Soll das heißen, du hast ihn gefunden?«

»Ja«, sagt er und sieht auf seine Fußspitzen. »War kein schöner Anblick.«

»Ist er dadrin gestorben?«, frage ich entsetzt und zeige auf das Haus.

»Mhm«, sagt Nick bedächtig. »Er lag auf der Couch. Der Bestatter sagt, wohl schon eine ganze Weile, vermutlich zwei, drei Wochen oder so. Der Gestank war jedenfalls echt heftig. Keine Sorge«, setzt er mit Blick auf meinen Gesichtsausdruck hinzu. »Das Sofa wurde entsorgt. Aber das Haus ist nicht gerade im besten Zustand. Kann sein, dass es da noch ein bisschen komisch riecht.« Na großartig!

Trotzdem, es wird mir wohl nichts anderes übrig bleiben, wenn ich nicht wieder bei meiner Mutter und

Ehemann Nummer zwei einziehen will. Notiz an mich selbst: Will ich nicht! Die vergangenen drei Jahre, die ich nach dem Unfall dort verbracht habe, um wieder auf die Beine zu kommen, haben absolut gereicht. Also schön ... Ich straffe die Schultern. »Danke fürs Herbringen«, sage ich noch einmal.

»Keine Ursache«, sagt Nick. »Meld dich einfach, wenn du Hilfe brauchst. Tagsüber ist die Ranger-Station immer besetzt.«

»Alles klar«, sage ich. »Ich komme schon zurecht.« Hoffe ich wenigstens.

Ich hebe die Hand zum Gruß und sehe ihm nach, bis sein Wagen zwischen den Büschen verschwunden ist. Also etwa fünf Meter. Dann öffne ich seufzend den Kofferraum und stemme die erste der beiden Kisten heraus, in denen sich mein komplettes Hab und Gut befindet.

»Home, sweet home«, murmele ich und kämpfe mich durch das Gestrüpp zur Haustür.

Als ich sie aufschließe, schlägt mir ein bestialischer Gestank entgegen, und als ich den Lichtschalter betätige, sehe ich den Grund dafür. Das Innere des Hauses gleicht einer Mülldeponie. Zwischen den zusammengewürfelten Möbeln türmen sich überquellende Mülltüten und leere Schnapsflaschen.

»Verdammt, Dad!«, stoße ich entsetzt aus.

Scheiße, Mann, ist das ekelhaft. Wie kann man sich nur so gehen lassen? Hier hat seit Jahren niemand mehr saubergemacht. Der Geruch des Mülls ist unerträglich, aber darunter liegt noch eine andere, süßliche Note, über die ich gar nicht so genau nachdenken will. Ich halte mir die Nase zu und atme durch den Mund, während ich den Laufwegen durch das Chaos folge, um überall die Fenster aufzureißen. Nur ins Bad traue ich mich vorerst nicht und lasse es in der ersten Runde aus.

Würgend stürze ich zur Haustür hinaus und bleibe schwer atmend ein paar Meter davon entfernt stehen. Gierig sauge ich die frische Bergluft in meine Lungen, bevor mich ein Schwall Mülldunst einholt. Ich bin keine Memme, aber das ist echt krass. Hier kann ich definitiv nicht übernachten. Heute Nacht werde ich wohl im Auto schlafen müssen. Außerdem habe ich nichts zu essen mitgebracht. Also packe ich die Kiste wieder in den Kofferraum und fahre zurück in den Ort.

Was für ein Nest! Hier gibt's noch nicht mal ein Mc Donald's. Die einzigen Möglichkeiten, etwas Essbares zu bekommen, scheinen das Restaurant am Yachthafen und das Diner am Main Square zu sein. In meiner derzeitigen Verfassung scheidet das Restaurant aus, deshalb entscheide ich mich für das Diner. Bevor ich aus dem Auto steige, ziehe ich den Schirm meines Basecaps tief in die Stirn. Als ich die Tür öffne, ducke ich mich in den Kragen meiner Collegejacke. Zum Glück ist an einem Donnerstagabend nicht viel los. Ein paar Männer in Holzfällerhemden hocken an der Bar und trinken Bier aus Flaschen. Als sie mich sehen, stecken sie die Köpfe zusammen und tuscheln.

»Sams Sohn«, schnappe ich im Vorbeigehen auf. Es hat sich also schon herumgesprochen, dass der Penner, der sich oben im Wald zu Tode gesoffen hat, mein Erzeuger war.

In einer Sitznische hält ein Paar Händchen, die nächste ist von einer übergewichtigen Familie belegt, die sich über Platten mit Burgern und Pommes hermacht. Das Essen sieht gut aus, stelle ich im Vorbeigehen fest und verziehe mich in eine freie Ecke im hintersten Winkel des Restaurants.

Die Bedienung, eine hübsche Afroamerikanerin, bringt mir die Karte und beäugt mich neugierig.

»Ich nehme so'n Burger, die sehen gut aus«, sage ich und deute auf den Tisch, an dem die Familie sitzt.

Sie grinst. »Sind sie auch.«

»Und dazu eine Cola, bitte.«

Sie nickt und steckt den Notizblock wieder weg. »Ach, und hätten Sie vielleicht einen Zettel und einen Stift für mich?«

»Kommt sofort«, sagt sie, verschwindet hinter der Theke und bringt mir eine Minute später mein Getränk, einen Notizblock und einen Kugelschreiber mit dem Logo des Diners.

»Den Kuli können Sie behalten, Rest kommt gleich«, lässt sie mich wissen und schwirrt wieder ab.

Während ich auf mein Essen warte, überlege ich mir einen Schlachtplan für das weitere Vorgehen. Ein Wochenendhaus in den Smoky Mountains ist beliebt. Die Hütte würde bestimmt ein hübsches Sümmchen einbringen, wenn ich sie verkaufe. Nicht dass ich das Geld brauchen würde. Das Schmerzensgeld, das meine Versicherung vom Unfallverursacher erstritten hat, würde vermutlich für zwei Leben reichen. Aber was will ich hier, am Arsch der Welt?

Ich könnte sie auch vermieten, aber in dem jetzigen Zustand scheidet beides aus.

Wie es aussieht, habe ich genau zwei Möglichkeiten. Erstens: Ich beauftrage ein Entrümplungsunternehmen, lasse das Haus ausräumen und renovieren und verkaufe es. Das wäre die einfachste Lösung.

Oder Möglichkeit zwei: Ich entrümpele und renoviere es selbst, um es anschließend zu verkaufen. Das könnte Monate dauern und vom Handwerken und Do-it-yourself habe ich nicht den leisesten Schimmer.

Die Bedienung serviert meinen Burger. Während ich ihn mit links esse, kritzele ich mit der rechten Hand eine Einkaufsliste zusammen. Da ich kein Werkzeug besitze, wird sie länger und länger. Vielleicht sollte ich diesen ganzen Haufen Mist dort oben im Berg einfach sich selbst überlassen. Das wäre eindeutig die günstigste Variante, die ich ernsthaft in Erwägung ziehe.

Aber andererseits hätte ich was zu tun, *eine Aufgabe* ...

# Kapitel Drei

Der Wecker reißt mich um kurz vor sechs aus dem Schlaf und ich erinnere mich dunkel, von meiner Hochzeit geträumt zu haben. Kein Wunder, schließlich habe ich gestern Abend noch stundenlang Bilder von Hochzeitskleidern und Brautfrisuren zu meinem Moodboard auf Pinterest hinzugefügt. *Skyes & Aarons Dream-Wedding* lautet der Titel der Pinnwand. Eigentlich müsste es ja Aaron & Skye heißen, in alphabetischer Reihenfolge, wie der Buchstaben-Nerd in mir bemerkt. Doch der Name der Frau wird traditionell bei Paaren zuerst genannt.

Nicht dass es bereits einen Termin gäbe. Aber ich warte schon länger darauf, dass Aaron mir endlich einen Antrag macht, und wenn er es tut, bin ich vorbereitet. Vielleicht ja sogar heute Abend?

Verschlafen tappe ich ins Bad, wo ich meine Mutter treffe, die sich gerade abschminkt.

»Guten Morgen, Schatz«, sagt sie und gähnt.

Sie ist gerade erst nach Hause gekommen und wird gleich ins Bett fallen, nachdem sie die Kleinen geweckt und ihnen Frühstück gemacht hat. Diese zehn Minuten im Bad, bei denen sich unsere Tagespläne überschneiden, sind meist die einzigen, die wir allein miteinander verbringen.

»Hi Mom«, sage ich, ziehe mein Schlafshirt und die Leggings aus und stelle schon mal die Dusche an, damit das Wasser heiß wird. »Wie war deine Schicht?«

»Ganz okay«, sagt sie und stutzt. »Hast du nicht gesagt, du hättest frei?«

»Bei Aaron hat es gestern nicht geklappt. Deshalb fahre ich heute zu ihm«, kläre ich sie auf. »Dann kann ich auch arbeiten gehen.«

»Damit?« Sie zeigt auf mein Bein und ich sehe an mir herab.

An meinem Schienbein prangt ein riesiger blauer Fleck. Das Ding ist so groß wie meine Handfläche. Ich beuge mich runter und streiche mit dem Finger darüber.

»Autsch!« Es tut sauweh, aber zum Glück nur, wenn ich draufdrücke. »Ach, verdammt! Da hat mich dieser Idiot gestern mit seiner Stoßstange erwischt.«

»Welcher Idiot?«

»Der, der auf dem Parkplatz vorm Laden versucht hat, mich über den Haufen zu fahren.«

»Du solltest damit zum Arzt gehen und ihn das ansehen lassen«, sagt Mom.

»Nein«, wehre ich ab. »Es wird schon gehen.«

»Dann tu wenigstens was drauf«, sagt Mom, kramt im Badezimmerschrank und reicht mir eine Tube Salbe.

Seit Ehemann Nummer drei kennt sie sich bestens mit der Behandlung von Blutergüssen aus und ich sehe in ihrem Blick, dass wir gerade beide an ihn gedacht haben. Sie zuckt mit den Schultern.

»Schnee von gestern.«

»Versprich mir, dass du nie wieder so einen Typen hier anschleppst.«

»Versprochen«, sagt Mom und lächelt schief.

»Es ist mein Ernst. Keine Bad Boys, keine Biker, keine Alkoholiker, keine Junkies«, zähle ich auf. »Einfach mal keinen Loser, okay?«

»Sondern?«

»Wie wär's zur Abwechslung mit einem Versicherungsvertreter?«, schlage ich vor und Mom verdreht die Augen. »Oder, hey, was ganz Wildes, wie wär's denn mit einem Lehrer?«

»O mein Gott!«, kreischt Mom in gespieltem Entsetzen. »Obwohl …« Sie tippt nachdenklich den Zeigefinger an ihre Unterlippe. »Savannahs Geografielehrer ist eigentlich ganz süß.«

»Vergiss das mit dem Lehrer«, wehre ich schnell ab, bevor Savannah noch Schwierigkeiten bekommt. Wenn sich eine mit Problemen in der Schule auskennt, weil ihre Mom Stripperin ist, dann bin ich das.

Nicht nur Kinder können grausam sein. Die verachtenden Blicke und spitzen Bemerkungen der Lehrer sind viel schlimmer. Deshalb habe ich mir fest vorgenommen, eine bessere Lehrerin zu werden, als ich sie hatte. Eine, die keine Vorurteile gegen Kinder hat, die nicht aus einem perfekten Elternhaus kommen. Denn ich weiß, wie es sich anfühlt, wegen seiner Herkunft verurteilt zu werden.

Also auf in einen neuen Kampf, denke ich und steige unter die Dusche. Hoffentlich bleiben mir heute größere Katastrophen erspart.

Mein ganzer Körper tut weh, als ich am nächsten Morgen auf dem Fahrersitz des Nissans wach werde. Die Muskeln in meinem Bein sind steif. Beim Aufsetzen durchfährt mich ein stechender Schmerz. Routiniert fische ich das Tablettenröhrchen aus meiner Jackentasche, schüttele zwei heraus und schlucke sie trocken runter. Danach wiederhole ich die Prozedur mit einer Prozac. Total abgefuckt, irgendwann wird mir meine Magenschleimhaut die Quittung dafür präsentieren. Tiefer kann man nicht mehr sinken. Ach doch, halt, mein Vater konnte es. Er hat einen hervorragenden Weg in den Abgrund gefunden. Vielleicht sollte ich mir auch einfach ein paar Flaschen Schnaps kaufen und mich hier oben in den Bergen zu Tode saufen. Dann hätte mein vermurkstes Scheißleben endlich ein Ende.

Meine Blase erinnert mich daran, dass es noch nicht so weit ist. Mühsam steige ich aus dem Auto, wobei ich mich an der Fahrertür festhalten und hochziehen muss. Notiz an mich selbst: Es ist eine absolute Scheißidee, die Nacht im Auto zu verbringen, wenn man ein kaputtes Knie hat. Mit zusammengebissenen Zähnen humpele ich steifbeinig zu einem Busch, ziehe den Reißverschluss meiner Hose hinunter und erleichtere mich. Aus dem Inneren des Hauses erklingt ein Scheppern und ich fahre herum.

Erst jetzt fällt mir der Müll auf, der überall verteilt liegt, und mir dämmert, dass es eine noch viel beschissenere Idee war, über Nacht die Haustür und die Fenster offen zu lassen. Irgendwas ist im Haus und es macht gewaltigen Lärm. Wenn das ein Bär ist, bin ich geliefert.

Mit klopfendem Herzen nähere ich mich der Tür. Vielleicht sollte ich lieber abhauen und Nick holen. Nach einem tiefen Atemzug nehme ich all meinen Mut zusammen und spähe hinein. Zwei Waschbären hocken im Wohnzimmer und machen sich über die Abfälle in den Tüten her. Erleichtert atme ich auf und stürme in den Raum. Mein lautes Klatschen schlägt die Tiere in die Flucht und sie verschwinden durch ein Fenster.

Auf ihrer Suche nach Futter haben sie ein wahres Schlachtfeld hinterlassen und bei Tageslicht betrachtet sieht das Haus noch viel schlimmer aus als gestern Abend.

Meine Augen brennen und ich schlucke gegen den Kloß an, der plötzlich in meiner Kehle sitzt. Das ist einfach alles too much, ich bin kurz davor aufzugeben.

»Reiß dich zusammen, Dearing«, sage ich zu mir selbst. Ich hab schon Schlimmeres als das hier überstanden, auch wenn es mich fast umgebracht hat. Vielleicht ist das hier ja auch eine Art von Chance, mich wieder ins Leben zurückzukämpfen.

Meine Hoffnungen erfüllen sich nur zum Teil. Mr. Munroes Laune ist mal wieder unterirdisch, er meckert in einer Tour.

»Warum ist das so unordentlich?«, fragt er und zeigt auf das Regal mit den Dübeln.

»Weil irgendein Kunde drin rumgewühlt hat?«, gebe ich zurück und mache mich daran, die Kartons in einem exakten Winkel von neunzig Grad auszurichten. Tatsächlich entspricht das auch meinem persönlichen Ordnungsempfinden. Nur leider ist das in einem Baumarkt eine Sisyphos-Aufgabe. Bei zwanzigtausend Artikeln von Baustoffen über Sanitär bis Tierfutter wäre ich das ganze Jahr beschäftigt, um alles rechtwinklig hinzustellen.

»Und hier.« Er tippt an das Regalbrett mit den Nägeln. »Von den Fünf-Inch-Nägeln in Stahl verzinkt sind zu wenige da. Neun Inch auch. Wenn du das fertig sortiert hast, füllst du hier auf, Cooper!«

Sir, yes, Sir, denke ich und salutiere innerlich. »Wird erledigt, Mr. Munroe«, sage ich stattdessen.

»Ach, und wenn du im Lager bist, kannst du auch gleich die Palette mit Katzenfutter auspacken, die gerade angekommen ist.«

Na klar, was denn noch alles? Ich verdrehe innerlich

die Augen. Schick mich ruhig rum, mir tut ja auch heute gar nicht das Bein weh.

»Nicht mehr lange«, murmele ich vor mich hin, als ich mich auf den Weg ins Lager mache. Mein persönliches Mantra, um das durchzustehen. Wenn Aaron mir endlich einen Antrag macht, ziehe ich zu ihm, dann können die mich hier alle mal kreuzweise.

Als ich mit einem Wägelchen voll Katzenfutter und Nägeln und einem schmerzenden Schienbein zurückkehre, betritt gerade der Verursacher den Laden. Was will der denn hier? Hoffentlich ist er gekommen, um sich noch mal zu entschuldigen. Aber offensichtlich hat er weder Blumen noch Pralinen dabei.

»Ah, ein Kunde«, frohlockt Mr. Munroe und stürzt sich auf ihn. »Guten Tag, willkommen bei Munroe's. Kann ich Ihnen behilflich sein?«, flötet er in seinem besten Verkäufer-Singsang.

Der Typ greift in die Tasche seiner Collegejacke und zieht einen Einkaufszettel hervor. »Ja, äh, ich brauche …«

Derweil versuche ich, mich unauffällig in Richtung des Gangs mit dem Tierfutter zu bewegen, doch Mr. Munroe fängt mich ab.

»Los, Cooper, mach dich nützlich«, zischt er mir zu. »Unsere Mitarbeiterin steht ganz zu Ihrer Verfügung«, setzt er hinzu.

Anscheinend ist ihm nicht klar, was er da gesagt hat. Dem Typen hingegen schon, wie mir sein unverschämtes Grinsen bestätigt.

»Hi. Womit kann ich Ihnen helfen?«, frage ich und setze mein professionellstes Lächeln auf, denn ich stehe immer noch unter Beobachtung durch Mr. Munroe.

Seine smaragdgrünen Augen blitzen amüsiert auf. »Ich brauche Kabelbinder«, sagt er todernst.

Was soll das werden? Eine 50-Shades-Nummer?

Macht er jetzt einen auf Christian Grey? Mysteriöser Typ, der im Baumarkt auftaucht, schon klar. Vielleicht sollte ich ihn darauf hinweisen, dass ich nicht Anastasia Steele heiße. Und ich bin auch keine Jungfrau, die zwischen Katzenfutter und Blumenerde darauf wartet, dass ein versauter Mr. Right des Weges kommt. Mein Mr. Right sitzt nämlich gerade bei einem Wahlkampfauftritt seiner Chefin in der vordersten Reihe und ich heute Abend auf seiner Couch.

»Hast du nicht gehört, Cooper?«, sagt Mr. Munroe und erinnert mich daran, dass er immer noch hinter mir steht.

»Doch«, sage ich und fange mich wieder. »Kabelbinder also?« Der Mann nickt. »Gut, dann folgen Sie mir.« Mr. Grey, setze ich in Gedanken hinzu und verkneife mir ein Kichern.

Warum denken seit Fifty Shades eigentlich alle Frauen an Sex, sobald sie das Wort »Kabelbinder« hören? Sie hat es auf jeden Fall getan, denn sie ist kurz rot geworden und hat auf ihre Fußspitzen gesehen, als ich es gesagt habe.

Meine Exfreundin hat mich damals gezwungen, den Film zu gucken, und mich ins Kino geschleift. Zumindest in Bezug auf den Sex, den wir im Anschluss daran hatten, kann ich mich nicht beschweren. Deshalb bin mit dem Inhalt des Films bestens vertraut und zufälligerweise stehen Christians Einkäufe auch auf meiner Liste. Also entscheide ich spontan, die Reihenfolge ein wenig umzustellen, das könnte lustig werden.

»Sonst noch was?«, fragt *Cooper* betont cool, nachdem sie mir ein Päckchen Kabelbinder in die Hand gedrückt hat. Ich gehe mal davon aus, dass es sich bei ihr um eine *Miss Cooper* handelt, denn sie trägt keinen Ring.

»Ja, Klebeband«, sage ich. »Und ein Seil«, setze ich hinzu.

»Klebeband und ein Seil?« Sie schluckt.

Genau wie die Heldin des Films ist sie eine graue Maus. Die Jacke gestern war schon schrecklich. Aber das unförmige grasgrüne Baumarkt-Polo, das sie zu einer mausgrauen Hose trägt, toppt alles. Wie kann man sich als Frau nur so verunstalten? Eigentlich sieht sie doch gar nicht so schlecht aus.

»Zehn Meter sollten reichen«, erinnere ich mich daran, weshalb ich eigentlich hier bin, und sehe ihr dabei zu, wie sie gewissenhaft zehn Meter von dem groben Hanfseil abmisst. Früher wäre es durchaus eine reizvolle Vorstellung für mich gewesen, eine Frau damit irgendwo festzubinden. Aber bestimmt nicht Miss graue Maus! S. Cooper.

Ich überlege, wofür das S auf ihrem Namensschild steht. Sally? Suzanne? Samantha? Ich könnte sie fragen, aber hinterher denkt sie noch, ich flirte mit ihr. Dabei würden mich selbst die Models, die sich früher um mich geschart haben, nicht mehr interessieren. Der Anblick von Frauen lässt mich absolut kalt, egal wie sie aussehen. Kleiner, äußerst unschöner Nebeneffekt der Tabletten, deren Wirkung gerade einsetzt. Allerdings anders, als ich erhofft hatte. Der kalte Schweißfilm auf meiner Stirn und das flaue Gefühl erinnern mich daran, warum man die lustige Mischung aus Schmerztabletten und Psychopharmaka nicht auf nüchternen Magen nehmen sollte.

Aber zurück zu der Liste von Dingen, die ich noch benötige. Let's have fun!

»Okay, gut«, sage ich, nehme ihr das Seil ab und verstaue es im Einkaufswagen. »Dann brauche ich einen Overall.« Ohne sollte ich das Haus wirklich nicht betreten. »Oh, und einen Mundschutz«, füge ich hinzu. Eine Gasmaske wäre gut.

Ich folge ihr durch den Gang zum Regal mit der Schutzkleidung. Mit zittrigen Händen lege ich ein Paar kräftige Arbeitshandschuhe in den Einkaufswagen.

»Ah, Plastikplane, prima«, sage ich, nehme ein Päckchen und biege es prüfend in der Hand. »Die ist stabil und hält ordentlich was aus, oder?« Schließlich muss ich ein paar Teppiche entsorgen.

Sie nickt zögerlich. »Kommt drauf an, was Sie damit vorhaben.«

Statt einer Antwort schnappe ich mir gleich drei Päckchen, befördere sie kommentarlos zum Overall und dem Mundschutz in den Wagen und lege noch eine Großpackung schwarze Müllsäcke drauf. Ach komm, was soll's. So wie die Bude aussieht, nehme ich besser gleich zwei.

»Weiter«, treibe ich Miss Cooper voran. Jetzt wird's richtig ulkig! »Ich brauche eine Kettensäge.«

»Eine Kettensäge?«, fragt sie und ihr Blick flattert nervös.

»Ja, außerdem eine Knochen... äh, Handsäge«, sage ich. »Und eine Axt«, füge ich mit einem schmalen Lächeln hinzu.

Sie wird bleich und führt mich zu den Werkzeugen. Schwungvoll nehme ich eine Axt von den metallenen Wandhaken und streiche prüfend mit dem Daumen über die Schneide.

Ich schwöre bei Gott, ich habe keine Ahnung, was ich hier tue, und noch nie in meinem Leben auch nur einen Scheit Holz gehackt. Aber in Anbetracht des nahenden Winters und des Urwalds auf meinem Grundstück sollte ich es wohl besser schnell lernen. Der Blick, mit dem sie mir dabei zusieht, ist jedenfalls zu köstlich. Er schwankt zwischen aufgesetzter Professionalität und offener Panik.

Todernst wiederhole ich die Prozedur mit Ketten- und Handsäge, bevor ich sie endlich erlöse.

»Das sollte reichen, fürs Grobe«, sage ich. »Um ein paar Altlasten zu beseitigen«, füge ich hinzu und schenke ihr mein bestes Jack-Nicholson-Grinsen.

Cooper nickt hektisch. »Gut, dann ... Folgen Sie mir zur Kasse.« In ihrer Stimme schwingt ein nervöses Zittern.

Treib es nicht auf die Spitze, Alter, rufe ich mich zur Vernunft. Ich schwitze wie ein Schwein und in meinem Einkaufswagen befindet sich die Grundausstattung jedes guten Serienmörders. Vermutlich hält sie mich sowieso schon für einen Irren. Wobei, mit dem *irre* hat sie gar nicht so unrecht, denke ich, als ich ihr zur Kasse folge. Mit dem Gefühl, wahnsinnig zu werden, kenne ich mich nämlich ziemlich gut aus. Darin bin ich quasi Profi.

Okay, der verarscht mich doch! Aber irgendwie ist der Typ echt unheimlich. Während ich seine Einkäufe an der Kasse scanne, beobachte ich ihn aus dem Augenwinkel. Er schwitzt. Nervös fährt er sich mit der Hand durch den dichten Vollbart, seine Finger streichen über die Narbe auf seiner Wange und er sieht sich verstohlen um. Fast als befürchtete er ertappt zu werden. Vielleicht wird er ja gesucht. Taucht hier plötzlich auf, benimmt sich seltsam, kauft Dinge, die man braucht, um ... Altlasten zu beseitigen.

»Macht sechshundertsiebenundachtzig Dollar und vierundsiebzig Cent«, sage ich.

Er streckt mir seine Kreditkarte hin und ich checke unauffällig seinen Namen, bevor ich sie in das Lesegerät schiebe. Josh Dearing.

»Soll ich Ihnen dabei behilflich sein, die Sachen zum Auto zu bringen?«, frage ich einer plötzlichen Eingebung folgend.

»Nicht nötig«, wehrt er ab.

»Aber natürlich«, sage ich. »Das gehört hier bei Munroe's zum Service!«

Mit einem aufgesetzten Lächeln begleite ich ihn zur Tür und hinaus auf den Parkplatz. Während er den unauffälligen Nissan Kombi ansteuert, präge ich mir das Kennzeichen ein. Tennessee Y96-47A, Shelby County, also Großraum Memphis.

»Also dann, Mr. Dearing«, sage ich, nachdem alle Sachen im Kofferraum verstaut sind, in dem bereits zwei große Kartons stehen. »Beehren Sie uns bald wieder.«

Mit einem amüsierten Seitenblick nimmt er zur Kenntnis, dass ich mir seinen Namen gemerkt habe. Kann er ruhig wissen, ich habe ihn auf dem Schirm.

»Bestimmt, Miss Cooper«, gibt er zurück. »Sobald ich Nachschub brauche, werde ich mich vertrauensvoll in Ihre fachkundigen Hände geben.«

Der halb spöttische, halb forschende Blick, mit dem er mich dabei ansieht, geht mir unter die Haut und sendet einen Schauer über meinen Rücken.

Erst als er um das Auto herumgeht, bemerke ich das leichte Hinken. Okay, das ist echt gruselig. Ich sehe ihm zu, wie er einsteigt und aus der Parkbox zurücksetzt.

# Kapitel Vier

Ich halte das Danke-für-Ihren-Einkauf-Lächeln, bis er vom Parkplatz auf die Main Road abbiegt. Dann wirbele ich herum und renne in den Personalraum, wo ich mein Handy aus dem Spind hole. Mit zittrigen Händen suche ich die Nummer von Ryans Diensthandy aus meinen Kontakten und wähle sie.

»Heavenfield Town Police, Office Ryan Cooper«, meldet sich kurz darauf die Stimme meines Bruders in meinem Ohr.

»Ryan«, stoße ich hervor. »Hier war gerade ein seltsamer Typ.«

»Beruhige dich«, sagt Ryan. »Was für ein Typ?«

»Keine Ahnung. Er ist gestern zum ersten Mal hier aufgetaucht. Jetzt war er wieder da und hat komische Sachen gekauft. Eine Axt, eine Kettensäge, einen Overall, Klebeband, Planen«, sprudele ich hervor. »Eben alles, was man braucht, um ...« Jemanden umzubringen! »Er hat gesagt, er wolle Altlasten beseitigen.«

»Okay, Skye, wie sah er aus?«

»Groß, dunkelhaarig«, sage ich. Mit funkelnden, hungrigen Raubtieraugen. »Er trägt ein Basecap«, fahre ich fort.

»Und einen Vollbart. Ach, und er hat eine Narbe im Gesicht.«

»Collegejacke?«, fragt Ryan zurück.

»Ja, woher …?«

»Ist eben ins Diner gekommen«, sagt Ryan. »Alles klar, ich guck mir den mal an.«

»Halt mich auf dem Laufenden«, sage ich und lege auf. Beim Gedanken, dass Ryan jetzt ein Auge auf ihn hat, ist mir gleich bedeutend wohler.

Das Diner ist gut gefüllt, alle Sitznischen sind belegt. Also steuere ich einen Barhocker an der Theke an. Der äußerste ist noch frei, direkt neben der winzigen Tanzfläche des Schuppens in der Nähe der Toiletten.

»Kaffee?«, fragt Keisha, die Bedienung von gestern, und ich nicke. Sie füllt einen Becher, schiebt ihn mir über die Theke und reicht mir eine Speisekarte.

In einer der Sitznischen hat sich die örtliche Polizei zum Frühstück versammelt. Die Cops sehen zu mir rüber und stecken die Köpfe zusammen. Die Bedienung sagt etwas und zuckt mit den Schultern. Einer steht auf und schlendert auf mich zu. Der blonde Hüne tut so, als wäre er auf dem Weg zur Toilette, doch er behält mich die ganze Zeit im Blick. Er geht einen Schritt an mir vorbei, dann bleibt er stehen und dreht sich zu mir um.

»Hey«, sagt er betont beiläufig. »Hab gehört, Sie sind neu in der Stadt?«

»Hat sich anscheinend schon herumgesprochen«, antworte ich. »Ich hab ein Haus geerbt. Abrams Creek Road Nummer neun.«

»Sie sind Sam Gerwins Sohn?«

»Ja«, sage ich. »Aber wir hatten keinen Kontakt. Meine Eltern haben sich scheiden lassen, als ich sechs war.«

Er legt den Kopf schräg und sieht mich nachdenklich an. »Irgendwie kommen Sie mir bekannt vor.«

Früher konnte ich nicht genug davon bekommen, ich war richtig geil darauf, erkannt zu werden. Seit dem Unfall hasse ich es, deshalb habe ich mir auch den Bart wachsen lassen. Außerdem verdeckt er die Narbe, die sich über meine linke Wange zieht. Gut, nicht so ganz, aber sie fällt dadurch weniger auf.

»Kann nicht sein«, sage ich. »Ich war noch nie hier. Hab erst durch den Nachlassverwalter in Maryville erfahren, dass mein Vater hier gelebt hat.«

»Trotzdem«, sagt er. »An irgendwen erinnern Sie mich. Ich vergesse nie ein Gesicht.«

»Tut mir leid«, sage ich und lächele, um seine Bedenken zu zerstreuen. »Sie müssen mich verwechseln, Officer …« Mein Blick gleitet zu seinem Namensschild. »Cooper.« Moment mal … »Sind Sie zufällig mit Miss Cooper verwandt, die im Baumarkt arbeitet? Ist das Ihre Frau?«

»Nein.« Er schüttelt den Kopf und lacht. »Skye ist meine Schwester.« Skye also. Schöner Name, allerdings ein bisschen hippiemäßig. Passt gar nicht zu einem Mauerblümchen wie ihr.

»Ich habe gerade bei ihr eingekauft«, sage ich grinsend. »Und ich glaube, mein Einkauf hat sie ein bisschen nervös gemacht.«

»Das könnte man so sagen. Skye hat mich angerufen und meinte, Sie hätten eine Axt gekauft.«

Ach, daher weht der Wind. Sie hat also direkt zum Telefon gegriffen und mich bei der Polizei verpfiffen.

»Ja, richtig, und eine Kettensäge. Und Planen und Mülltüten. Der Garten und das Haus sehen ziemlich wild aus«, setze ich zur Erklärung hinzu. »Ohne entsprechendes

Werkzeug komme ich da nicht durch. Ihre Schwester hat wohl was missverstanden, und ich fürchte, daran bin ich nicht ganz unschuldig«, bekenne ich freimütig.

»Wieso?«

»Vielleicht habe ich meine Jack-Nicholson-Nummer ein wenig übertrieben. Aber es war einfach lustig, sie hat so geschockt ausgesehen.«

»Das ist typisch Skye«, sagt er und schüttelt lachend den Kopf. »Manchmal nimmt sie alles ein wenig zu genau.«

»Nichts für ungut«, sage ich. »Vermutlich wäre ich an ihrer Stelle auch verunsichert gewesen. Also bestellen Sie Ihrer Schwester einen schönen Gruß und sagen Sie ihr, dass es mir leidtut, sie erschreckt zu haben.«

»Ich werd's ausrichten«, sagt er grinsend und geht zurück zu seinen Kollegen.

Dachte ich's mir doch, dass er nicht zum Klo musste. Das war knapp! Beinah hätte er mich erkannt. Solche Scherze sollte ich in Zukunft also lieber vermeiden. Eine Stadt wie Heavenfield ist wohl zu klein für meinen rabenschwarzen Humor.

# Kapitel Fünf

»Nun mach schon, Ryan!«

Ungeduldig warte ich darauf, dass er mich zurückruft. Als er es endlich tut und mein Handy klingelt, wirft mir Mr. Munroe einen verärgerten Blick zu. Telefonieren ist während der Arbeitszeit streng verboten.

»Tut mir leid, das ist mein Bruder«, sage ich zur Erklärung und hebe ab. »Und?«

»Entwarnung«, sagt Ryan und lacht. »Da hast du wohl was in den falschen Hals gekriegt, Schwesterherz.«

»Warum?«

»Er ist Sam Gerwins Sohn.«

»Wer?«

»Na, du weißt schon. Der Alki, der oben in der Nähe des Campingplatzes gelebt hat.«

»Dieser gruselige Typ?«

»Genau der. Sein Sohn hat das Haus geerbt.«

»Ach was!«

»Ja, deshalb hat er all den Krempel gekauft. Gerwins Haus ist wohl ziemlich verfallen.«

»Moment mal.« Ich stutze. »Auf seiner Kreditkarte stand ein anderer Name, warte.« Mit der freien Hand fische ich die Kopie des Kassenbons hervor. »Hier, Josh Dearing.«

»Ha«, sagt Ryan triumphierend. »Ich wusste es!«

»Was?«

»Dass ich ihn irgendwo schon mal gesehen habe. Sein Gesicht kam mir gleich so bekannt vor.«

»Wieso, woher denn?«

»Er hat für die Memphis Tigers gespielt«, sagt Ryan.

College-Football also. Hätte ich mir eigentlich denken können, mein Bruder ist verrückt danach und verpasst kein Spiel im Fernsehen.

»Was zum Teufel ...?«, sagt Ryan unvermittelt. »Hör zu, ich muss Schluss machen. Hier ist gerade einer über die Main Road gebrettert, der hatte locker hundert Sachen drauf. Komm, Noah, den schnappen wir uns!«

Im Hintergrund höre ich Autotüren zuschlagen und kurz darauf schrillt die Sirene des Streifenwagens durch den Lautsprecher des Handys. Ich halte es ein Stück von meinem Ohr weg.

»Hey, Skye, er ist schon okay«, höre ich Ryan noch sagen. »Also lass ihn in Ruhe, ja?«

»Na sicher«, antworte ich und lege auf. Wieso sollte ich auch nicht? Dieser Josh Dearing interessiert mich kein bisschen. Nicht ein winziges Stück.

»Probleme?«, fragt Mr. Munroe argwöhnisch.

»Nein, schon gut«, gebe ich zurück. »Der Typ vorhin kam mir nur ein bisschen seltsam vor. Deshalb hatte ich meinen Bruder gebeten, ihn zu überprüfen und ...«

»Sie haben was?«, poltert Mr. Munroe los. »Was soll denn so was, Cooper? Der Mann hat beinah siebenhundert Dollar ausgegeben, er ist also ein guter Kunde. Und ich erwarte, dass gute Kunden auch so behandelt werden, ist das klar?«

Ich schlucke nervös. So sauer habe ich Mr. Munroe

noch nie gesehen. »Klar«, beeile ich mich zu sagen. »Er war bloß …«

»Schh, schh, schh«, unterbricht Mr. Munroe mich. »Er ist ein guter, zahlender Kunde«, wiederholt er sein persönliches Mantra. »Beim nächsten Mal sind Sie höflich und entschuldigen sich gefälligst.«

Na super! »Kein Problem, Sir.« Bleibt bloß zu hoffen, dass der Typ so schnell nicht wiederkommt; und ich versuche, ihn, so gut es geht, aus meinen Gedanken zu verdrängen.

Abends steige ich endlich in Nashville aus dem Auto und zupfe mein Kleid zurecht, bevor ich bei Aaron klingele.

»Hallo?«, ertönt seine Stimme ein wenig blechern aus der Sprechanlage.

»ich bin's«, sage ich und er betätigt den Türöffner.

Ich stürme die Treppen hoch in den dritten Stock und falle ihm um den Hals.

»Ich hab dich so vermisst.«

»Ich dich auch«, sagt er und küsst mich.

»Aber ich dachte, wir gehen aus«, bemerke ich mit Blick auf sein Outfit. Sonst ist er immer wie aus dem Ei gepellt, doch statt des üblichen Anzugs trägt er Jeans und Pullover.

»Ich bin fertig nach der Woche und habe gehofft, wir machen es uns auf der Couch gemütlich und bestellen was.« Er sieht wirklich ein bisschen mitgenommen aus und um seine blassblauen Augen liegt ein müder Zug.

»Mein armer Schatz«, sage ich und versuche, mir meine Enttäuschung nicht anmerken zu lassen. Das Apartment empfängt mich mit dem typischen Geruch einer Junggesellenwohnung. Die Luft riecht ein wenig muffig und nach Staub.

Sein Laptop steht aufgeklappt auf dem Couchtisch.

»Du arbeitest noch?«

»Nur schnell ein paar E-Mails checken«, sagt er und deutet auf die Speisekarten, die daneben liegen. »Such dir doch schon mal was zu essen aus.«

Na super! »Chinesisch oder Pizza?«

»Mir egal.«

»Mir auch.«

Eigentlich war mir eher nach Linguini mit Gamberetti. Aber dann werden es halt Bratnudeln mit Shrimps, denke ich missmutig und schnappe mir die Karte vom Chinesen.

Aaron tippt derweil auf der Tastatur herum.

»Du verbringst mehr Zeit mit dieser Frau als mit mir«, stelle ich fest. *Marsha Blacksmith.* Wenn ich den Namen schon höre, krieg ich langsam Ausschlag!

»Darling.« Aaron seufzt und streicht sich durchs Haar. Wie immer ist es streng zurück gegelt und wird schon ein wenig schütter. »Wie oft denn noch? Es gibt keinen Grund, auf sie eifersüchtig zu sein. Sie ist nur mein Boss und verheiratet.«

»Das heißt ja nichts.«

»Sie ist älter als meine Mutter«, sagt er gereizt. »Glaubst du wirklich, ich würde mit ihr ins Bett gehen, wenn meine Freundin in einem so hübschen Kleid zu Hause auf mich wartet?«, fügt er versöhnlicher hinzu und schenkt mir einen tiefen Blick aus seinen blassblauen Augen.

»Du hast recht«, sage ich besänftigt. »Denkst du, sie gewinnt die Wahl?«

»Bestimmt!«

»Dann können wir uns endlich nach was Eigenem umsehen.«

»Abwarten, aber die Chancen stehen nicht schlecht«, entgegnet er seufzend.

»Ich kann es kaum erwarten, endlich mit dir zusammenzuziehen.«

»Du wirst sehen. In ein paar Jahren kandidiere ich selbst für den Kongress. Oder gleich für den Senat.«

»Senator Sanders«, sage ich versonnen. »Und ich werde dann Mrs. Senator Sanders. Das klingt gut, oder?«

»Und wie«, sagt er. »Aber die Nummer 83 würde sich auch nicht schlecht anhören«, fügt er mit Blick auf die Speisekarte hinzu.

Ich verziehe mich in die Küchenecke, um den Lieferdienst anzurufen und Aaron nicht beim Arbeiten zu stören. Während ich die Bestellung durchgebe, fällt mein Blick auf die Arbeitsplatte. Sie ist mit einer dünnen Staubschicht überzogen. Kein Wunder, außer mir putzt hier niemand. Also schnappe ich mir einen Lappen und das Fläschchen mit der Möbelpolitur aus dem Schrank unter der Spüle. Direkt daneben liegen ein paar schwarze Müllsäcke. Genau die gleichen hat der Typ heute Morgen auch gekauft.

Josh. Eigentlich ein schöner Name. Trotzdem, ich bin immer noch stocksauer, dass er mich verarscht hat. Okay, wenn ich ehrlich bin, habe ich es ihm auch leicht gemacht. Wahrscheinlich hat er sich innerlich über mich schlapp gelacht. Wie ernst er dabei geblieben ist! Er hat das eiskalt durchgezogen. Ziemlich guter Schauspieler, das muss man ihm lassen.

Wie er mich angesehen hat, mit diesem beinah spöttischen Blick in seinen funkelnden, grünen Augen. Die Erinnerung daran verfolgt mich, während ich mich gewissenhaft von Raum zu Raum arbeite. Ich versuche sie fortzuwischen wie den Staub von den Oberflächen. Aber es gelingt mir erst, als das Klingeln an der Tür mich aus meinen Gedanken reißt, weil der Lieferbote unser Essen bringt.

# Kapitel Sechs

Die Arbeiten am Haus gehen gut voran. Nach sechs Wochen harter Arbeit kann sich das Innere langsam wieder sehen lassen. An einigen Stellen habe ich mich dafür entschieden, die Rigipsplatten von den Wänden zu entfernen, damit das Holz darunter wieder zum Vorschein kommt. Die Wand hinter dem offenen Kamin mit seinem Rauchfang aus grobem Naturstein erstrahlt nun in einem dunklen Blau, was dem Raum einen klassischen Look verleiht.

Ich besitze zwar immer noch kein Sofa, aber stattdessen habe ich die Sessel an die leere Stelle gerückt, und davor liegt das Bärenfell, das ich unter all dem Unrat entdeckt habe - inzwischen gut gelüftet, versteht sich.

Ohne mich selbst loben zu wollen, das Wohnzimmer ist mir richtig gut gelungen, wie ich finde. Es wirkt gar nicht mehr wie eine Säuferhöhle, sondern eher wie ein elegantes Chalet in Aspen. Genau das war der Plan! Dann waren also all die Stunden, die ich im Krankenhaus vorm Fernseher verbracht und dabei zugesehen habe, wie ein Handwerkerteam ungenutzte Räume in echte Männerhöhlen verwandelt, doch nicht ganz umsonst. So lässt es sich jedenfalls bestimmt gut vermieten.

Mein Handy klingelt. »Hi, Ma«, begrüße ich meine Mutter.

»Wie geht's dir?«

»Alles bestens«, antworte ich.

»Sicher?«

»Ja, echt. Es bekommt mir gut, mich körperlich zu betätigen.« Durch die ganze Arbeit bewege ich mich viel mehr; und die ungewohnten Tätigkeiten, wie zum Beispiel Holzhacken, fordern Muskeln, die ich schon lange nicht mehr benutzt habe. »Ich hab acht Kilo abgenommen, seitdem ich hier angekommen bin«, füge ich zufrieden hinzu. So langsam bin ich fast wieder in meiner alten Form.

»Das ist schön«, sagt Ma. »Und wie geht es dir sonst, also, du weißt schon?«

»Auch gut«, antworte ich und das ist nicht gelogen. Ob und wie lange dieser Zustand anhalten wird, ist hingegen fraglich. »Ich fühle mich deutlich stabiler. Trotzdem komme ich noch nicht ohne Tabletten klar«, bekenne ich freimütig. »Deshalb muss ich jetzt auch Schluss machen, ich brauche Nachschub.«

»Und du bist sicher, dass du Weihnachten nicht herkommen willst?«, fragt meine Mutter vorsichtig und in ihrer Stimme schwingt ein Hauch von Traurigkeit.

»Das hatten wir doch schon«, gebe ich zurück und unterdrücke ein Seufzen. »Wirklich, Ma, es geht mir gut, mach dir keine Sorgen.«

»Trotzdem wird es für mich komisch sein, das erste Mal Weihnachten ohne mein Baby zu verbringen.«

»Ich bin erwachsen«, sage ich und seufze jetzt doch.

Ich wüsste wirklich nicht, was ich nach dem Unfall ohne ihre Hilfe getan hätte. Wochenlang hat sie an meinem Krankenbett gesessen, hat mich zur Reha gebracht und mich zur Krankengymnastik gefahren. Für sie war es selbstverständlich, dass ich wieder bei ihnen einziehe, damit sie sich um mich kümmern kann. Trotzdem, oder vielleicht gerade deshalb, bin ich froh, endlich wieder auf eigenen Beinen zu stehen.

»Außerdem will ich während des Sturms das Haus nicht allein lassen.« Im Wetterbericht warnen sie seit zwei Tagen vor einem Blizzard, der aus Kanada herunterzieht. »Ich muss jetzt wirklich los, erst zum Arzt, um mir ein Rezept ausstellen zu lassen, und danach den Supermarkt leerkaufen. Nick sagt, es könne sein, dass ich mehrere Wochen festsitze. Die Straße wird im Winter nicht geräumt.«

»Wer ist Nick?«, will meine Mutter wissen.

»Der Chef der Ranger-Station.«

»Schön, dass du Anschluss gefunden hast«, sagt sie und ich habe das Gefühl, sie will noch Zeit herausschinden.

»Ja«, sage ich. »Die Leute hier sind eigentlich ganz okay und die Ruhe tut mir gut. So bescheuert es klingen mag, die Arbeit am Haus gibt mir wieder einen Sinn.«

»Das ist schön«, sagt Mom, und ich kann hören, dass sie lächelt. »Dann ruf wenigstens mal an.«

»Mach ich.«

»Pass auf dich auf, Josh. Ich hab dich lieb.«

»Ich dich auch, Ma«, sage ich, lege auf und werfe einen Blick auf die Uhr. Wenn ich noch alles besorgen will, muss ich mich jetzt wirklich beeilen.

In der Luft liegt der Geruch von Schnee und der Wind ist eisig, als ich aus dem Munroe's trete und mein Handy zücke. Ich habe mich in meiner Frühstückspause rausgeschlichen, um mit Aaron zu telefonieren. Als er nach dem achten Klingeln endlich rangeht, sind meine Finger, mit denen ich das Telefon halte, bereits taub.

»Hey, Skye«, sagt er. »Wo bist du?«

»Auf der Arbeit, wo sonst? Ich hoffe, Mr. Munroe lässt mich heut früher gehen.«

Das ist das letzte Wochenende, an dem wir uns sehen, bevor Aaron über Weihnachten zu seiner Familie fliegt. Seine Eltern sind vor einigen Jahren nach Florida gezogen. Deshalb will ich früher Schluss machen, damit ich es nach Nashville schaffe, bevor der Blizzard über uns hereinbricht.

»Verdammter Sturm«, seufzt Aaron. »Ich hoffe nur, er versaut mir nicht meine Planung.«

Am Montag geht sein Flug nach Fort Meyers, und insgeheim wünschte ich, dass genau das passiert und der Flug gestrichen wird. Dann könnten wir endlich mal Weihnachten zusammen verbringen. Deshalb kommt dieser Blizzard eigentlich wie gerufen.

»Dann bis später«, sage ich und kann mir ein vorfreudiges Lächeln nicht verkneifen.

Wenn mein Plan aufgeht, werden wir über Weihnachten gemeinsam in Nashville festsitzen. Das wird perfekt! Außerdem können wir dann schon mal im Internet nach Immobilien suchen. Da seine Chefin die Wahl gewonnen hat, steht meinem Umzug nichts mehr im Wege. Am Wochenende stundenlang zu planen, das wird toll. Hauptsache, ich bin rechtzeitig bei ihm.

Besorgt werfe ich einen Blick zum Himmel, aber bisher deuten keine Anzeichen auf die nahende Wetterfront. Im Gegenteil: Das helle Mausgrau wirkt beinah freundlich, als wäre es ein ganz normaler Wintertag. Aber die Stimmung ist trügerisch und die Warnungen des nationalen Wetterdienstes sind eindeutig. Für unsere Region gilt die höchste Warnstufe, sie erwarten das Hauptsturmfeld gegen drei Uhr nachmittags. Zeit genug, um nach Nashville zu fahren;

also zurück an die Arbeit, damit Mr. Munroe mich heute schon mittags gehen lässt.

Auf dem Weg in die Stadt entscheide ich spontan, kurz am Baumarkt anzuhalten. Der liegt auf der Strecke und ich brauche noch neue Farbe, damit ich über Weihnachten weiterarbeiten kann. Hoffentlich ist die Verrückte nicht da!

Natürlich erfüllt sich mein Wunsch nicht, denn als ich das Munroe's betrete, entdecke ich ihren blonden Schopf zwischen den Regalen. Genau in der Ecke mit den Wandfarben.

»Ich wusste es«, begrüßt sie mich mit einem triumphierenden Lächeln, als ich nach einer Dose greife. »Ich hab doch gesagt, eine langt nicht für die Fläche.«

»Du weißt überhaupt nicht, wie groß die Wand ist«, gebe ich genervt zurück. Kleine Klugscheißerin. »Außerdem will ich noch eine streichen.«

Die hinter dem Bett, um genau zu sein. Aber ich habe nicht vor, die Inneneinrichtung meines Schlafzimmers mit Miss Farbenblind zu diskutieren. Am Ende empfiehlt sie mir noch ein helles Babyblau oder Rosa, nee, lass mal.

»Und ich bräuchte noch eine Axt«, sage ich mit einem breiten Grinsen. Der kleine Scherz bringt sie, wie immer, kurz aus der Fassung.

»Haha, sehr witzig«, faucht sie. »Ich habe doch gesagt, dass es ein Missverständnis war ...« Sie bricht ab und sieht an mir vorbei.

»Jaja, ich weiß«, sage ich, drehe mich um und folge ihrem Blick.

Eine Blondine in hautengen Jeans und Pilotenjacke kommt auf schwindelerregend hohen Absätzen hereingestöckelt. Sie sieht aus wie Pamela Anderson in ihren besten

Jahren und ist definitiv die heißeste Frau, die ich bisher in Heavenfield gesehen habe. Auch wenn sie locker zwanzig Jahre älter ist als ich, wie ich feststelle, als sie näher kommt.

»Hallo Schatz«, sagt sie und küsst Skye zur Begrüßung auf die Wange. Sie sehen einander verblüffend ähnlich.

»Hi«, haucht Skye und wird blass.

»Und wer bist du?«, fragt die Blondine und schenkt mir ein aufreizendes Lächeln.

»Das ist ... nicht so wichtig«, sagt Skye und fasst sie am Arm, um sie wegzuziehen.

Mit dem Spürsinn eines Pumaweibchens richtet Mom ihre Aufmerksamkeit auf Josh.

»Hi, ich bin Sue«, sagt Mom und streckt ihm die Hand entgegen. »Skyes ...«

»Schwester!«, unterbreche ich sie und gebe ihr wortlos zu verstehen, dass sie jetzt besser den Mund hält.

Sie schenkt mir einen amüsierten Seitenblick, während der Blick von Josh, mit dem er zwischen uns hin- und hersieht, zwischen Belustigung und ungläubigem Staunen schwankt.

»Josh Dearing«, sagt er und schüttelt ihre Hand.

»Ah, Skye hat schon von Ihnen erzählt«, sagt Mom und ich könnte sie erwürgen.

»So, was denn?«, fragt Josh mit einem belustigten Grinsen. »Ich hoffe, nur Gutes«, fügt er hinzu.

»Ich habe ihr erzählt, was für ein unverschämter Typ du bist«, fauche ich.

»Du meinst sicher unverschämt gutaussehend«, sagt er und grinst noch eine Spur breiter.

»Ryan ist auch ganz begeistert von dir«, sagt Mom und klimpert ihn aus großen Augen an. O nein, sie wird jetzt nicht mit ihm flirten! »Warum kommst du nicht mal zum Essen vorbei?«

»Weil du nicht kochen kannst«, unterbreche ich die aufkeimende Romanze. »Entschuldigst du uns wohl kurz?«, sage ich zu Josh, fasse Mom am Arm und ziehe sie ein Stück fort. »Was willst du hier?«, zische ich. »Du siehst doch, ich habe zu tun.«

»Ich brauche Sekundenkleber«, verkündet Mom. »Du weißt doch, der Absatz von meinem …«

»Ja, ich weiß, bringe ich dir mit«, unterbreche ich sie schnell, denn ich bin nicht scharf drauf, dass Mom jetzt von ihren Plateauschuhen mit Acrylsohle anfängt.

»Sonst noch was?«, frage ich Josh, der Mom weiterhin anstarrt, als hätte er eine Erscheinung.

»Nein, das wäre alles«, sagt er und ich nehme ihm die Dose Farbe aus der Hand und stürme damit zur Kasse, um ihn endlich loszuwerden. »Macht dann fünfzehn sechzig, schönes Wochenende.«

»Danke, gleichfalls«, sagt er im Gehen, nicht ohne sich noch mal nach Mom umzudrehen.

»Musst du mich eigentlich immer so blamieren?«, sage ich zu ihr, als er endlich verschwunden ist. »Einfach mit ihm zu flirten!«

»Was denn?«, sagt Mom achselzuckend. »Ist doch ein süßer Typ.«

»Nein, ist er nicht«, platzt es aus mir heraus. »Kein Stück.« Na gut, vielleicht ein bisschen. »Aber ich hab keine Lust, dass er mein nächster Stiefvater wird, verstanden?«

»Ja«, murmelt Mom kleinlaut. »Aber süß ist er trotzdem.«

»Vergiss es«, sage ich und drücke ihr eine Tube Sekundenkleber in die Hand. »Los jetzt, ich will heute eher Schluss machen.«

»Kannst du noch mal mit dem Hund rausgehen, bevor du zu Aaron fährst?«, fragt Mom.

»Ja, mache ich«, sage ich seufzend und schiebe sie zur Kasse.

Dort fällt mein Blick auf etwas Dunkles. Josh hat sein Portmonee vergessen. Na ja, denke ich mit einem inneren Achselzucken. Er wird schon wiederkommen, wenn es ihm auffällt.

Seit geschlagenen zwei Stunden sitze ich im Wartezimmer der einzigen Arztpraxis Heavenfields, eingekeilt zwischen zwei älteren Damen, die sich über mich hinweg unterhalten, und warte darauf, dass ich endlich dran bin. Dabei hatte ich einen Termin um zehn. Doch von so was wie Pünktlichkeit haben die hier auf dem Land noch nie gehört. Zumindest erscheint mir die Zeit endlos, während ich den beiden Frauen zuhöre, wie sie sich über die nahenden Feiertage unterhalten. Ich hab schon zwei Mal angeboten, den Platz zu tauschen, aber sie sind nicht darauf eingegangen.

»Lassen Sie mal, junger Mann«, hat die Dame rechts von mir gesagt und abgewinkt. »Sie stören uns nicht.«

Aber Sie mich, liegt mir auf der Zunge, doch ich schlucke die Antwort herunter.

»Mr. Dearing?«, erlöst mich die steinalte Sprechstundenhilfe aus der Diskussion über die besten Plätzchenrezepte und ich folge ihr dankbar in das winzige Behandlungszimmer.

Dr. Thompson, der hiesige Arzt, ist noch ein bisschen älter als Sprechstundenhilfe und Mobiliar zusammen, aber die Augen hinter den runden Brillengläsern blicken mich durchdringend an.

»Sie sind neu in der Stadt«, stellt er fest und ich bejahe. »Was führt Sie zu mir, Mr. Dearing?«

In knappen Worten schildere ich meine Krankengeschichte und die jetzige Situation. »Ich brauche einfach nur ein Rezept«, fasse ich die Lage zusammen.

»Sind Sie noch in psychiatrischer Behandlung?«

»Ja«, sage ich und nenne ihm den Namen meiner Therapeutin in Memphis.

»Sie sollten sich jemanden in der Gegend suchen, wenn Sie jetzt hier leben.«

»Das ist nur vorübergehend«, versichere ich ihm. »Sobald ich das Haus renoviert habe, werde ich es verkaufen.«

»Also schön«, brummt Doc Thompson und kritzelt etwas auf einen Rezeptblock.

Er reißt das Blatt ab und hält es mir hin, nur um es mir direkt wieder unter der Nase wegzuziehen.

»Ich kann Ihnen auch die mit Depotwirkung verschreiben«, sagt er. »Die müssen Sie nur einmal die Woche nehmen.«

»Lieber nicht«, entgegne ich mit einer wegwerfenden Handbewegung. »Ich brauche die feste Routine, jeden Morgen eine zu schlucken.« Außerdem schätze ich die Möglichkeit, jederzeit eine zweite nehmen zu können, wenn es besonders schlimm ist.

»Gut, es ist wichtig, sich an die empfohlene Dosierung zu halten. Auch die Tabletten eigenständig abzusetzen wäre eine ziemlich dumme Idee.«

»Keine Sorge«, versichere ich ihm.

Allein der Gedanke, heut Morgen die letzte genommen zu haben, macht mich schon nervös. Endlich streckt er mir das Rezept entgegen. Ich schnappe es aus seiner Hand, verabschiede mich eilig und verlasse die Praxis.

Vor der Tür atme ich einmal tief durch und ziehe die

eiskalte Winterluft durch die Nase in meine Lunge. So, alles klar. Jetzt bloß noch zum Supermarkt und die Tabletten abholen, dann kann ich mich einschneien lassen.

Als ich mittags Feierabend machen will, war Josh immer noch nicht da, um sein Portmonee abzuholen. Wenn der Sturm kommt, sitzt er da oben vielleicht wochenlang fest; und ich will nicht dafür verantwortlich sein, dass es so lange hier rumliegt. Mit einem Seufzen entscheide ich, es ihm nach Hause zu bringen.

»Frohes Fest«, rufe ich Mr. Munroe im Rausrennen zu, denn ich muss erst am Dienstag nach Weihnachten wieder arbeiten.

»Wohin so eilig?«

»Nach Nashville«, gebe ich kurz angebunden zurück.

»Das wird knapp«, sagt Mr. Munroe düster. »Im Wetterbericht haben sie gerade gesagt, dass der Blizzard jetzt eher kommt. Das verdammte Biest nimmt Fahrt auf und soll heftiger werden als damals am Groundhog Day.«

»O Mist«, sage ich, stürme los, springe in mein Auto und rase nach Hause, hüpfe unter die Dusche und schlüpfe in ein kuscheliges Winter-Outfit: eine aubergine-weiß karierte Flanellbluse im Holzfäller-Look, ein knielanger Cordrock sowie eine farblich passende Wollstrumpfhose mit Zopfmuster und UGG-Boots. Genau richtig, um sich auf die Couch zu kuscheln und einschneien zu lassen.

Meine restlichen Sachen habe ich gestern Abend schon gepackt. Die Reisetasche steht neben meinem Bett und ich greife danach, um sie mitzunehmen. Im letzten Moment entscheide ich mich anders, denn mir fällt ein, dass Snowball noch rausmuss.

Statt Gassi zu gehen, kann er sein Geschäft genau so

gut oben im Wald erledigen. Dann habe ich gleich zwei Fliegen mit einer Klappe geschlagen und bin umso schneller bei Aaron. Ich stelle die Tasche neben der Haustür ab und schnappe mir den Hund, um beide später an genau der Stelle gegeneinander auszutauschen.

Im Laufen ziehe ich mir die Jacke über und wickele mich in meinen Schal. Hektisch werfe ich einen Blick auf die Uhr. Oh, Mist, schon Viertel nach eins. Jetzt aber nichts wie los!

# Kapitel Sieben

Ich kaufe den halben Supermarkt leer, hauptsächlich Dinge, die lange haltbar sind und schnell gehen. Schachtelweise Käsemaccaroni und Fertiggerichte wandern in den Wagen. Toastbrot, eingeschweißte Donuts, dazu Eier und Speck, haltbare Milch sowie Haferflocken und Berge von Nudeln und Tomatensoße. Das sollte wohl für ein paar Wochen reichen. Außerdem habe ich in den vergangenen Tagen bereits die Vorratskammer nach und nach aufgefüllt, sodass ich locker da oben überwintern kann, wenn es notwendig sein sollte. Nick hat mich gewarnt, dass der Winter lang werden könne, also habe ich meine Vorbereitungen getroffen. Das Einzige, das jetzt noch fehlt, sind ausreichend Bier und die Tabletten. Harte Spirituosen wie Whisky und Wodka habe ich bereits vorgestern im Liquor Store besorgt. Nachdem ich mich mit mehreren Sixpacks eingedeckt habe, steuere ich den übervollen Einkaufswagen zur Kasse.

»Macht dann dreihundertsechsundfünfzig Dollar siebzig«, lässt mich die Kassiererin wissen.

Ich taste in meiner Gesäßtasche nach meinem Portmonee, doch sie ist leer.

»Moment«, sage ich mit einer entschuldigenden Geste und renne zum Auto.

Vielleicht ist es auf den Sitz gefallen. Aber da ist es auch nicht. Vorhin im Baumarkt hatte ich es noch. Ich muss es dort liegen gelassen haben. Hektisch gehe ich wieder rein und sage der Kassiererin, dass ich es bei Munroe's holen werde.

»Ach, Unsinn, ich kann das auch anschreiben.« Sie winkt ab. »Aber die Tabletten darf ich Ihnen leider nicht einfach so mitgeben, die müssen Sie sofort bezahlen. Ist Vorschrift«, setzt sie hinzu und reicht mir das Rezept zurück.

»Bin gleich wieder da«, entgegne ich, hetze raus und beeile mich, die Einkäufe in den Kofferraum zu laden. Dann rase ich zum Baumarkt. Doch von meinem Portmonee und von Skye weit und breit keine Spur.

»Sie wollte es Ihnen bringen«, sagt Mr. Munroe und schiebt mich nach draußen. »Tut mir leid, wir schließen nun, bevor der Sturm kommt.«

Ich richte meinen Blick zum Himmel, an dem sich bereits dunkle Wolken ballen. Jetzt darf ich nach Hause fahren und noch mal in die Stadt runtergurken, um meine Tabletten zu holen. Na großartig! Das kostet mich mindestens zwanzig Minuten. Ärgerlich springe ich wieder ins Auto und starte den Motor.

Josh ist nicht da. Die Einfahrt ist leer, also parke ich meinen Wagen, lasse den Hund raus und schnappe mir das Portmonee vom Beifahrersitz, um es auf die Türschwelle zu legen. Von außen macht die Hütte einen heruntergekommenen Eindruck. Ich sehe mich verstohlen um, bevor ich an eines der Fenster trete, um einen Blick hineinzuwerfen.

Neugierig spähe ich durch die Scheibe, doch im trüben Zwielicht im Innern des Hauses kann ich nicht viel erkennen. Also nehme ich sein Portmonee und will es gerade auf die Fußmatte legen, als mein Blick auf den rostigen Briefkasten neben der Tür fällt. Das wäre eindeutig der sicherere Ort, um Wertsachen zu deponieren. Wer weiß, wann Josh nach Hause kommt? Wenn es jemand findet und mitnimmt, bin ich hinterher die Dumme. Deshalb öffne ich die Klappe und werfe es rein. Genau in dem Moment erklingt hinter mir das Geräusch eines sich nähernden Motors und kurz darauf biegt Joshs Kombi in die Einfahrt.

»Gott sei Dank«, sagt er, als er aus dem Wagen springt. »Du hast mir meinen Geldbeutel gebracht.«

»Ich dachte, vielleicht brauchst du ihn«, entgegne ich achselzuckend.

»Du ahnst gar nicht, wie sehr«, antwortet er und atmet erleichtert auf.

Sie hat sich umgezogen, stelle ich fest, und die langweilige graue Hose gegen einen Rock aus hellbraunem Cord getauscht. Er reicht bis kurz übers Knie, bloß nicht zu viel Bein zeigen. Wobei das auch besser ist. Ihre Beine stecken nämlich in einer bordeauxfarbenen Wollstrumpfhose mit Zopfmuster und flachen Wildlederstiefeln, Modell »Hillbilly beim Waldspaziergang«. Furchtbar! Trotzdem war ich noch nie so froh, sie zu sehen, wie in diesem Moment.

»Also?«, frage ich, strecke die Hand aus und warte darauf, dass sie mir mein Portmonee gibt.

»Ich habe es in den Briefkasten geworfen«, sagt sie und zeigt auf das alte rostige Ding, das neben der Tür hängt.

»Du hast was?«, fahre ich sie an und sie zuckt zusammen.

»War das falsch?«

Okay, ruhig bleiben, sie kann nichts dafür, es ist nicht ihre Schuld.

»Ich habe keinen Schlüssel dafür«, sage ich mühsam beherrscht. »Zumindest habe ich bisher keinen gefunden und außerdem steht mein richtiger Briefkasten unten an der Straße. Niemand käme auf die Idee, das Ding hier zu benutzen.«

Außer ihr natürlich, Miss Wollstrumpf! Innerlich verdrehe ich die Augen und versuche, mir meinen Ärger nicht anmerken zu lassen.

»Vielleicht findest du den Schlüssel ja noch«, sagt Skye unbehaglich.

»Das nützt mir nichts«, entgegne ich. »Ich muss mein Portmonee haben, jetzt.«

»Warum?«

Warum, warum ... »Weil ich noch mal ins Tal muss, um etwas abzuholen. Und ich will unten sein, bevor es losgeht.« Ich werfe einen Blick zum Himmel. Wie aufs Stichwort rieseln die ersten Schneeflocken herab.

»Was denn?«

»Schmerztabletten«, antworte ich ausweichend.

Es geht sie nichts an, dass ich Psychopharmaka nehme. Und nebenbei bemerkt ist es mir auch peinlich. Hinterher denkt sie noch, ich hätte nicht alle Latten am Zaun. Das ist zwar die Wahrheit, aber das muss sie ja nicht wissen.

»Unfall, kaputtes Knie«, setze ich zur Erklärung hinzu.

»Oh«, sagt Skye betroffen. »Das wusste ich nicht. Soll ich dir suchen helfen?«

Ich schüttele den Kopf und seufze tief. »Glaub mir, ich habe schon das halbe Haus auf den Kopf gestellt. Es gibt keinen Schlüssel.«

»Dann solltest du mal ein Schild dranhängen, dass man den Briefkasten nicht benutzen darf«, bemerkt sie und verdreht die Augen. »Hast du eine Haarnadel oder so was in der Art? Ich brauche irgendwas Langes, Spitzes.«

»Wieso?«

Sie schenkt mir einen Blick, als ob sie einem Fünfjährigen die Welt erklären müsste und sich fragt, wo sie dabei anfangen soll. »Na um deinen Briefkasten aufzubrechen.«

Ich bezweifle zwar, dass sie das kann, begebe mich aber auf die Suche nach dem Gewünschten. Vorsichtshalber bringe ich auch noch mein Werkzeug mit.

»Die brauchen wir nicht«, kommentiere ich mit Blick auf die Axt. Von den anderen Dingen, die Josh mir entgegenstreckt, entscheide ich mich für die Schere. Die erscheint mir am geeignetsten, um mein Vorhaben in die Tat umzusetzen.

»Schlossknacken ist eine meiner leichtesten Übungen«, behaupte ich selbstsicher. Schließlich habe ich vier jüngere Schwestern, von denen ständig eine den Schlüssel zu ihrer Spardose verbummelt. Außerdem haben alle in der Familie darin eine gewisse Erfahrung. Dank Moms Junkie-Exfreund sind unsere Spardosen inzwischen besser gesichert als Fort Knox.

Mit der Präzision eines Gefäßchirurgen führe ich eine Schneide der geöffneten Schere in das verrostete Schloss. Sanft rüttele ich daran, doch es tut sich nichts. Mist. Ich versuche es mit ein bisschen mehr Gewalt, aber der Schließbolzen im Innern rührt sich keinen Millimeter.

»Blödes Ding«, fluche ich leise vor mich hin.

Josh hebt die Axt. »Geh mal zur Seite.«

»Nein, warte, ich hab's gleich«, sage ich und stochere mit der Schere. Aus dem Augenwinkel beobachte ich, wie

Snowball derweil sein Geschäft verrichtet. Mitten in der Einfahrt.

Josh hat es auch gesehen. Kein Wunder bei so einem Tamtam, das der Hund um sein Häuflein macht. Er scharrt mit den Hinterpfoten, dass der Schotter nur so fliegt.

»Wenn du eine Schaufel holst, mache ich das weg«, beeile ich mich zu sagen.

»Vergiss es.« Josh winkt ab. »Lass mich lieber mal da ran«, verlangt er und ich weiche zwei Schritte zurück.

Er nimmt die Axt und holt aus. Mit einem mächtigen Hieb befördert er den Kasten von der Wand. Er knallt scheppernd auf den Boden und der nächste Schlag spaltet die Vorderseite in der Mitte.

Josh stellt den Fuß gegen die Seite und zerrt die Schneide der Axt aus dem zerbeulten Haufen Metall. »Na endlich«, sagt er, bückt sich und fischt seinen Geldbeutel aus den Überresten des Briefkastens.

»Dann frohes Fest«, wünsche ich, denn ich will endlich los. Inzwischen schneit es immer stärker. Ich gehe zum Auto und stelle fest, dass der Hund verschwunden ist.

»Hast du Snowball gesehen?«

»Eben war er noch da.«

Ich blicke mich suchend um. Doch bis auf sein Häufchen gibt es keine Spur von dem kleinen Scheißer. »Snowball!« Nichts. So ein Mist! Ausgerechnet jetzt!

»Snowball!«, versucht sie es wieder, diesmal lauter.

»Hört er überhaupt auf seinen Namen?«

»Keine Ahnung«, gibt sie achselzuckend zurück.

»Vielleicht ist er auf den Weg zurückgelaufen?«

Skye geht um unsere Autos herum zur Ecke der Einfahrt.

»Und?«

»Nein.« Sie schüttelt den Kopf. »Snowball!«

Seufzend schiebe ich mein Portmonee in die Gesäßtasche und folge ihr. Da sie mir helfen wollte, meinen Briefkasten aufzubrechen, fühle ich mich irgendwie verpflichtet, sie beim Suchen zu unterstützen.

»Du links, ich rechts«, schlage ich vor. »Es geht schneller, wenn wir uns aufteilen.«

»Gute Idee«, sagt sie und stiefelt los.

Also dann, denke ich und mache mich auf den Weg in die entgegengesetzte Richtung. Der eisige Wind bläst mir direkt ins Gesicht und die wirbelnden Schneeflocken erschweren das Sehen. Zumal der Hund auch die vermutlich schlechteste Farbe hat, um ihn in einem Schneesturm zu suchen. Man kann kaum die Hand vor Augen erkennen, geschweige denn einen kleinen weißen Fiffi!

Nach ein paar Minuten gebe ich auf und mache kehrt. Meine eigenen Spuren, die ich auf dem Hinweg im Schnee hinterlassen habe, sind bereits wieder zugeschneit.

Skye kommt mir entgegen. »Hast du ihn?«

»Nein.«

»Was sollen wir denn jetzt machen?«, jammert sie.

Eigentlich muss ich wirklich los, wenn ich noch in den Ort will. Aber ich kann sie ja schlecht allein lassen.

Zwischen den Bäumen im Wald oberhalb des Weges nehme ich eine Bewegung wahr. »Da!«

Wir laufen auf ihn zu, aber anscheinend hält der Hund das für ein lustiges Spiel und rennt vor uns weg.

»Komm sofort her!«, verlangt Skye, aber er denkt gar nicht dran.

»Ui, schau mal, was ich hier Feines habe.« Sie wechselt die Taktik, fischt ein Leckerli aus der Jackentasche und geht in die Hocke.

Freudig stürmt er auf sie zu, schnüffelt an ihrer Hand,

und während er frisst, greift sie mit der anderen nach seinem Halsband. »Hab ich dich!«

Gott sei Dank! »Na, dann können wir ja endlich los«, stelle ich erleichtert fest und sie nimmt den Hund auf den Arm, damit er nicht noch mal abhaut.

Der Sturm wird immer stärker. Auf dem Weg zurück zur Hütte müssen wir uns richtig dagegenstemmen. Er zerrt an meiner Jacke und die Spitzen der Bäume am Waldrand biegen sich rauschend im Wind.

Skye verfrachtet den Hund in den Kofferraum.

»Frohes Fest«, wünschen wir uns zum zweiten Mal und ich öffne die Autotür.

Eine mächtige Böe reißt sie mir beinah aus der Hand. Hinter mir erschallt ein krasses Geräusch. Richtig gruselig. Es klingt, als würde einem Riesen ein Arm rausgerissen, und kurz darauf kippt die mächtige Hemlocktanne vorne an der Grundstücksecke einfach um. Mit einem lauten Krachen schlägt sie zu Boden. Ihr gewaltiger Stamm verfehlt unsere Autos nur knapp. Aber ... Sie blockiert die Einfahrt! Rechts davon ragt die halb aus dem Boden gerissene Wurzel in die Höhe und auf der anderen Seite reicht die Spitze der Tanne bis in den Wald. Wie ein Schlagbaum, im wahrsten Sinne des Wortes.

# Kapitel Acht

»Verdammt!«, schreit Josh und versetzt dem Briefkasten einen wütenden Tritt. Er fliegt im hohen Bogen durch die Luft und landet im dichten Gestrüpp an der Böschung zum Waldrand.

»Und jetzt?«, frage ich völlig geschockt, obwohl ich die Antwort bereits kenne.

»Sieht so aus, als säßen wir hier fest«, sagt Josh düster und spricht damit aus, was ich nicht wahrhaben will.

»Du hast doch eine Motorsäge«, stoße ich hervor und sehe ihn hilfesuchend an, doch er schüttelt den Kopf.

»Guck dir mal den Baum an«, sagt er. »Und bei dem Sturm? Keine Chance!«

»Aber ich muss zu Aaron!«

»Vergiss es«, sagt er. »Komm lieber erstmal rein.«

Er öffnet die Haustür und hält sie mir auf. Ich schiebe mich an ihm vorbei in die Hütte und setze den Hund ab.

»Hast du einen Lappen oder ein altes Handtuch?«, frage ich mit Blick auf die Schneeklumpen in seinem Fell.

Während Josh verschwunden ist, schaue ich mich um. Die Einrichtung ist erstaunlich geschmackvoll, hätte ich ihm gar nicht zugetraut. Die beiden Ledersessel sehen gemütlich aus und die dunkelblaue Wand hinter dem gemauerten Kamin verleiht dem Raum eine männliche Note, ohne gewollt oder aufgesetzt zu wirken. Nur das Bärenfell ist mir dann doch ein bisschen zu viel des Berghütten-Klischees. Im Geiste sehe ich Josh, der sich vor einem prasselnden Feuer darauf rekelt – nackt -, und verkneife mir ein Kichern.

»Hier«, sagt Josh hinter mir und ich zucke ertappt zusammen. Er streckt mir ein Handtuch entgegen und ich beeile mich, Snowball trocken zu rubbeln, bevor er noch den ganzen Boden volltropft.

»Willst du einen Kaffee oder einen Tee?«, fragt Josh.

»Ja, etwas Heißes wäre gut.«

Ich bin total durchgefroren und muss mich erstmal aufwärmen. Wie es aussieht, habe ich dazu mehr Zeit, als mir lieb ist. Ich sollte Aaron Bescheid geben, denke ich und wühle hektisch in meiner Handtasche nach dem Handy. Doch das hätte ich mir sparen können. Ich habe keinen Empfang, wie mir der Blick auf das Display verrät. Also wird mir nichts anderes übrig bleiben als abzuwarten, bis der Sturm vorüber ist.

Mir fällt ein, dass die Einkäufe noch im Kofferraum liegen. »Ich gehe den Wagen ausladen.«

»Ich helfe dir.«

»Das ist viel zu gefährlich«, sage ich entschieden, denn es kann jederzeit wieder ein Baum umfallen. »Aber mach schon mal Feuer.«

»Klar«, sagt Skye.

Na super, denke ich, als ich mich gegen den Wind

stemme und zum Auto stapfe. Wie es aussieht, sitze ich fürs Erste mit Madame Wollstrumpf fest. Ich schätze, ich werde ziemlich schnell rausfinden, wie sehr sie mir auf die Nerven geht. Sehr, fürchte ich. Aber am meisten nervt mich, dass ich keine Tabletten mehr habe.

»Sie sollten sie nicht eigenständig absetzen«, sagt Doc Thompsons Stimme in meinem Kopf. Shit! Hoffentlich ist dieser verdammte Sturm bald vorbei. Doch wie es aussieht, ist damit nicht zu rechnen.

Der Wind wird von Sekunde zu Sekunde stärker. Allein seitdem ich hier draußen bin, ist der Schnee schon wieder um zwei Inch gewachsen; und bis ich die letzte Tüte aus dem Kofferraum geholt habe, liegt auf der, die ich zuerst neben der Haustür abgestellt habe, ein weiterer Inch. Ich klopfe ihn ab, schüttele mir die Flocken von den Schultern und wappne mich innerlich für den restlichen Tag an der Seite dieser spießigen Hinterwäldlerin und ihres Schoßhündchens.

Josh muss mehrmals laufen, um alles hereinzutragen. Er stellt die beiden letzten Tüten auf der Kochinsel ab.

»Puh, ganz schön heiß«, sagt er und wischt sich über die Stirn. »Erfrieren werden wir nicht.«

Das Feuer im Kamin prasselt mittlerweile munter. Josh zieht die Jacke aus. Wenn mich nicht alles täuscht, hat er abgenommen. Und zwar nicht zu knapp, sein Oberkörper unter dem engen Longsleeve ist viel durchtrainierter und die Ärmel spannen über seinem Bizeps, als er zwei weitere Taschen auf den Esstresen hievt. Mir wird warm und ich fürchte, es liegt nicht am Feuer. Schnell wende ich den Blick ab und inspiziere stattdessen den Inhalt der Einkaufstüten.

»Wenigstens werden wir nicht verhungern«, stelle ich fest.

»Konnte ja nicht ahnen, dass ich besser noch ein paar Dosen Hundefutter mitgebracht hätte«, sagt Josh mit einem Nicken zu Snowball, der hektisch um unsere Füße wieselt.

»Keine Sorge«, gebe ich zurück. »Ich glaube, er frisst alles. Zumindest stopfen meine kleinen Schwestern alles Mögliche in ihn rein. Neulich habe ich Miley dabei erwischt, als sie ihn mit Fruit Loops gefüttert hat. Der kleine Muschilecker verhungert schon nicht«, sage ich mit einer wegwerfenden Handbewegung.

»Der was?«, fragt Josh.

Um seine Mundwinkel zuckt es und mir fällt auf, dass ich aus Versehen das böse M-Wort gesagt habe. Es hat sich zwischen Mom und mir so eingebürgert, wenn wir über den Hund sprechen.

»Vergiss es«, sage ich und spüre, wie mir das Blut in die Wangen schießt. »Das sagt meine ... Schwester immer.«

»Ist 'n ziemlicher Feger, deine Schwester.« Josh grinst. »Wie viele Geschwister hast du?«

»Wieso?«, frage ich perplex zurück, irritiert über den plötzlichen Themenwechsel.

»Na, du sagtest vorhin ›kleine Schwestern‹. Mehrzahl. Bisher habe ich deinen Bruder kennengelernt«, zählt er an den Fingern auf. »Und heute Morgen deine ältere Schwester.«

»Meine ...«, setze ich an und unterbreche mich direkt wieder. »Natürlich, ja, meine ältere Schwester. Fünf«, sage ich und belasse es dabei.

Josh sieht mich erstaunt an. »Wow, das sind viele.«

»Und du?«

Er zuckt mit den Schultern und stellt zwei Sixpacks Bier in den Kühlschrank. »Keine, ich bin Einzelkind.«

»Hast du's gut.«

»Gut?« Josh hebt eine Augenbraue.

»Allein diese Ruhe muss himmlisch sein«, entgegne ich seufzend. »Was gäbe ich dafür, mal einen Samstagmorgen ohne Streit über eine Barbiepuppe aufzuwachen.«

»Okay, so wie du das sagst, klingt es, als hätte ich nichts verpasst.«

»Hast du nicht.« Ich schnappe mir einige Päckchen Mac'n'Cheese und sehe ihn fragend an.

»Leg sie irgendwo da oben hin«, sagt er mit einer flüchtigen Handbewegung in Richtung des Regals.

Ich stelle mich auf die Zehenspitzen, aber ich bin zu klein und komme nicht ran.

»Warte«, sagt er, nimmt mir die Nudeln aus der Hand und legt sie auf den obersten Regalboden.

Dabei kommen wir uns näher, als mir lieb ist. Sein Aftershave steigt mir in die Nase, würzig und markant, und ich weiche ein Stück vor ihm zurück.

»Das sollte ein paar Wochen reichen«, sagt Josh, als wir alles verstaut haben, und nickt zufrieden. »Keine Sorge«, setzt er hinzu, als er meinen entsetzten Gesichtsausdruck bemerkt. »So lange wird's nicht dauern.«

»Trotzdem zu lange«, entgegne ich düster. »Eigentlich sollte ich längst bei meinem Freund sein.«

Er hebt die Augenbrauen. »Du hast 'nen Freund?«

Hallo? Was soll das denn heißen?

»Ja, stell dir nur vor. Er macht sich bestimmt schreckliche Sorgen um mich.«

Erneut hole ich mein Handy raus, aber ich habe immer noch kein Netz. Trotzdem tippe ich eine Nachricht an Aaron.

*Tut mir leid, ich hänge hier fest und komme nicht weg.*

*Der Blizzard hat mich voll erwischt*, schreibe ich und drücke auf »Senden«. Es tut sich nichts und schließlich zeigt ein rotes Ausrufezeichen, dass die Nachricht nicht rausgegangen ist. Aber vielleicht verschickt sie sich automatisch, sobald ich wieder Empfang habe.

»Keine Angst«, sagt Josh. »Ich habe eine Motorsäge. Wenn der Sturm sich gelegt hat, mache ich die Einfahrt frei. Spätestens morgen früh kannst du zu deinem Freund fahren.«

»Morgen ist es zu spät«, entgegne ich und schlucke gegen den Kloß an, der auf einmal in meiner Kehle sitzt.

»Ihr werdet wohl eine Nacht ohneeinander auskommen«, bemerkt Josh bissig.

»Du verstehst es nicht«, fahre ich ihn an. »Aaron fliegt Montag zu seinen Eltern und dann werde ich ihn vor dem neuen Jahr nicht mehr sehen.« Außerdem wollte er mir bestimmt einen Antrag machen, er war die ganze Zeit schon so geheimnisvoll.

»Warten wir's ab«, sagt Josh. »Ich glaube nicht, dass dein Aaron irgendwohin fliegen wird. Sieh es mal so: Wenn wir festsitzen, sitzt er auch fest.«

»Eben«, sage ich resigniert und kämpfe gegen das Brennen in meinen Augen an. Das wäre die Chance auf mein erstes Weihnachtsfest mit Aaron gewesen, doch stattdessen hocke ich hier in dieser Hütte am Arsch der Welt.

Skye fummelt am Radio auf dem Esstresen. Das Ding ist uralt, es stammt noch von meinem Dad. Vielleicht auch vom Vorbesitzer. So genau weiß ich das nicht. Aus den Lautsprechern dringt ein konstantes Rauschen und es dauert eine Weile, bis sie einen Sender gefunden hat. Das Signal ist schwach und der Moderator kaum zu verstehen.

»Der nationale Wetterdienst warnt weiter vor starken

Sturmböen«, verkündet er gerade. »Besonders im östlichen Tennessee und speziell den Smoky Mountains kann es teilweise zu erheblichen Schneefällen kommen. Bitte bleiben Sie zu Hause, wir bleiben für Sie dran, liebe Hörer von WKBC. Und jetzt kommt erst mal, passend zum Wetter, der unvergleichliche Frank Sinatra mit *Let It Snow*.«

»Haha, sehr witzig«, bemerkt Skye. Sie starrt das Radio an und ihre Lippen zucken verdächtig, während die ersten Takte des alten Weihnachtsklassikers durch den Raum klingen.

O nein, bitte nicht heulen, flehe ich stumm. Mit weinenden Frauen kann ich ganz schlecht umgehen. Schnell reiche ich ihr ein Kleenex und sie wischt sich verstohlen über die Augen.

»Danke«, murmelt sie und schnieft. »Und was jetzt?«

»Keine Ahnung«, entgegne ich achselzuckend. »Ich schätze, es bleibt uns nichts als abzuwarten.«

»Hast du keinen Fernseher?«

»Nein«, entgegne ich knapp. Früher habe ich fast nur Sportübertragungen geschaut, aber seit dem Unfall ertrage ich es nicht mehr, mir ein Spiel anzusehen.

Also sitzen wir da und hören Radio, während um uns herum der Sturm tobt.

»Hast du Hunger?«, frage ich gegen sieben. Skye nickt zaghaft.

»Okay«, sage ich. »Ich mache uns was.«

Sie schaut mich aus großen Augen an. »Du kannst kochen?«

»Na ja, was heißt kochen? Du hast ja gesehen, was ich gekauft habe. Also sagen wir, ich kann Dinge nach Packungsanweisung zubereiten«, gestehe ich freimütig und schnappe mir einen Topf und eine Packung Mac'n'Cheese-Mix aus dem Vorratsregal.

»Danke«, sagt Skye, als ich mich eine Viertelstunde

später über den Herd beuge und ihr einen dampfenden Teller unter die Nase stelle. Ich reiche ihr Besteck, umrunde die Kücheninsel und setze mich auf den Barhocker neben ihr.

»Und was machen wir mit ihm?«, frage ich mit Blick auf den Hund, der zunehmend aufdringlich wird, seitdem er das Essen gerochen hat, und der gerade versucht, an meinem Hosenbein hochzuklettern.

Der kleine Muschilecker. Über das Wort könnte ich mich totlachen. Es passt zu ihrer Schwester, aber es passt nicht zu ihr. Skye war es peinlich, dass es ihr rausgerutscht ist. Sie ist rot geworden, und ich frage mich, ob sie sich vorgestellt hat, wie ich sie ... Halt, stopp! Daran will ich gar nicht denken. Also nicht, dass ich es nicht gerne gemacht hätte. Ich bin sogar ziemlich gut darin, wenn man den Aussagen meiner Exfreundinnen Glauben schenken darf. Aber eher würde ich mir die Zunge abhacken, als sie Miss Wollstrumpfhose zwischen die Beine zu schieben!

»Er muss sich noch gedulden«, sagt Skye, spießt zwei Maccaroni auf ihre Gabel und pustet sie an. »Sie sind noch zu heiß«, fügt sie hinzu.

Mit Gewalt reiße ich mich vom Anblick ihrer gespitzten Lippen und ihrer rosafarbenen Zunge los und konzentriere mich auf meinen eigenen Teller.

Wir füttern Snowball mit den Resten unserer Nudeln. Anscheinend hat er nichts dagegen, er verschlingt sie in einer Geschwindigkeit, dass man glauben könnte, er hätte noch nie etwas zu fressen bekommen. Danach machen wir die Küche sauber, ich spüle und Josh trocknet ab.

»Wir sind ein gutes Team«, stellt er fest.

Auch wenn ich es mir nicht eingestehen will, muss ich

zugeben, dass das stimmt. Aaron hat mir noch nie beim Abwasch geholfen, für ihn ist das Frauensache. Außerdem hat er ja auch immer Wichtigeres zu tun und meist schon wieder das Handy am Ohr, weil seine Chefin am Telefon ist.

Von der anderen Seite der Kochinsel ertönt ein Würgen.

»O nein«, rufe ich und eile herum. Anscheinend war das dann doch zu viel für Snowballs Magen. Ich schnappe mir den Hund, bevor er Josh auf den Teppich kotzt, und stürme mit ihm zur Haustür.

Als ich sie öffne, weht mir der eisige Wind entgegen. Der Schnee geht mir inzwischen bis zum Knie, also scharre ich mit den Füßen eine Stelle vor der Haustür frei und setze Snowball darin ab. Gerade noch rechtzeitig, bevor ein Schwall zerkauter Nudeln aus dem Hund schießt. Er schnüffelt daran, wedelt mit dem Schwanz und macht Anstalten, sie erneut zu fressen.

»Pfui«, schimpfe ich. »Das ist echt ekelhaft!«

Snowball scheint das anders zu sehen, also packe ich ihn im Nacken und halte ihn zurück.

Hinter mir erklingt ein leises Lachen und ich drehe mich um. Josh lehnt im Türrahmen, seine smaragdgrünen Augen funkeln amüsiert.

»Lass ihn doch«, sagt er. »Er ist halt ein Hund.«

»Das ist kein Hund«, fahre ich auf. »Sondern ein …« Schwein will ich sagen.

»Ich weiß«, fällt Josh mir ins Wort und kichert. »Aber das solltest du ihn heute lieber nicht mehr machen lassen, könnte sonst ein wenig brennen«, prustet er los.

»Haha, sehr witzig«, bemerke ich säuerlich, während Josh sich vor Lachen fast nicht mehr einkriegt. »Wie oft soll ich es dir noch sagen: Der Spruch stammt von meiner Schwester.«

»Deine Schwester muss ziemlich locker drauf sein«, sagt Josh.

Er hat ja keine Ahnung, wie recht er damit hat.

»Geht so«, gebe ich zurück und lasse es wieder mal dabei bewenden. Meine Familie gehört eindeutig nicht zu meinen Lieblingsthemen, viel zu peinlich.

Also greife ich mir den Hund und schiebe mich an Josh vorbei ins Haus, wo ich mir erneut das Handtuch schnappe, um Snowball trocken zu rubbeln, damit er nicht den ganzen Boden voll tropft.

Danach ist er total erschöpft, als hätte er ein großes Abenteuer überstanden, rollt sich vor dem Kamin zusammen, und binnen Minuten klingt sein leises Schnarchen durch den Raum.

Irgendwie ermüdend, dem Hund beim Schlafen zuzusehen. Bevor ich auch noch einpenne, rappele ich mich auf.

»Willst du ein Bier?«

Skye nickt, also erhebe ich mich mühsam aus dem Sessel. Mein Knie tut weh. Ich unterdrücke ein Stöhnen und gehe steifbeinig rüber zum Kühlschrank, entnehme ihm zwei Flaschen Miller, öffne sie und strecke Skye eine davon hin, bevor ich mich wieder in den Sessel sinken lasse.

»Cheers«, sage ich und tippe meine Flasche gegen ihre.

»Auf was trinken wir?«

»Keine Ahnung«, gebe ich zurück. »Braucht man einen besonderen Grund?«

»Klingt, als ob du keinen bräuchtest«, sagt Skye leise und sieht mich von der Seite an.

»Sagen wir, ich habe genug Gründe.«

Ich fische das Röhrchen Schmerztabletten aus meiner

Hosentasche, schüttele zwei heraus und spüle sie mit einem kräftigen Schluck runter.

»Mein Bruder sagt, du hast Football gespielt«, setzt Skye an. »Früher, auf dem College.«

Na klar, hätte ich mir eigentlich denken können, dass mich irgendwann jemand erkennen würde.

»Ja, ich war sogar ziemlich gut«, sage ich. Das ist wohl die Untertreibung des Jahrhunderts. Football war mein Leben. »Ich hab sogar eine halbe Saison als Profi für die Falcons gespielt, aber nach dem Unfall war's damit vorbei.«

»Was ist geschehen? Also, ich meine, ist das während eines Spiels passiert?« Skye setzt sich auf und schlägt die Beine unter ihren Po. Ihre Haltung signalisiert mir, dass sie zuhören würde, aber ich will nicht darüber reden.

»Autounfall«, antworte ich knapp. »Mir ist einer reingefahren, ich war eingeklemmt. In meiner linken Seite war so gut wie alles gebrochen, mehrere Rippen, Hüfte, Oberschenkel. Ist alles erstaunlich gut wieder zusammengewachsen, bis auf das Knie«, sage ich. »Außerdem war meine Milz gerissen. Beinah wäre ich an inneren Blutungen gestorben, wenn sie mich nicht rechtzeitig rausgeholt und wieder zusammengeflickt hätten. Ich bin dem Tod noch mal haarscharf von der Schippe gesprungen.«

»Das ist doch ein guter Grund«, sagt Skye und stößt noch mal mit mir an. »Auf das Leben.«

»Oder das, was davon übrig ist«, entgegne ich bitter. »Meine Karriere konnte ich danach jedenfalls vergessen. Stattdessen folgten anderthalb Jahre Krankenhausaufenthalte und Reha.«

»Das ist echt hart«, sagt Skye und schaut mich betroffen an.

Ich schüttele schnaubend den Kopf. »Alles nicht so hart wie mit fünfundzwanzig wieder nach Hause zu ziehen.«

»Oh«, sagt Skye mit einem schiefen Grinsen. »Glaub

mir, damit kenne ich mich aus. Ich bin echt froh, da rauszukommen, wenn Aaron und ich endlich verheiratet sind.«

»Wann ist es so weit?«

»Weiß nicht«, sagt sie bekümmert. »Ich glaube, Aaron wollte mir dieses Wochenende einen Antrag machen.«

»Aufgeschoben ist ja nicht aufgehoben«, gebe ich zurück, um sie aufzumuntern.

»Ich würde gern nächstes Jahr im Mai heiraten.« Ihre Augen leuchten auf.

»Dann ist das Ende ja abzusehen«, sage ich und trinke schweigend mein Bier, während ich ihren Hochzeitsplänen lausche. So hatte ich mir den Abend definitiv nicht vorgestellt.

Nach einer Weile gähnt Skye, es ist spät geworden und auch mir steckt der Tag in den Knochen. Es gibt da allerdings noch ein klitzekleines Problem ...

»Ich habe keine Couch«, sagt Josh.

»Ich weiß«, gebe ich zurück. »Und?« Ich bin viel zu müde, um mir über seine Einrichtung Gedanken zu machen.

»Na ja«, sagt er gedehnt und erhebt sich aus dem Sessel. »Aber ich habe auch nur ein Bett«, fügt er hinzu. Er geht zwei Schritte zur Schlafzimmertür und öffnet sie.

Ich folge ihm und werfe einen Blick hinein. Er bleibt an einem Queen-Size-Bett hängen, das den winzigen Raum fast komplett ausfüllt. Es sieht gemütlich aus und übt eine nahezu unwiderstehliche Anziehungskraft auf mich aus. Ich kann kaum noch die Augen offen halten und blinzele schläfrig.

»Vermutlich sollte ich ein Gentleman sein und anbieten, auf dem Boden zu schlafen«, fährt Josh fort. »Aber in

Anbetracht meines Knies fällt das flach. Also hast du die Wahl: Entweder du schläfst auf dem Boden oder im Bett.«

»Mit dir?«, vergewissere ich mich.

Statt zu antworten, zuckt er mit den Schultern.

»Ich habe noch nie mit einem fremden Mann geschlafen«, platzt es aus mir heraus. »Also ich meine, nebeneinander, in einem Bett«, korrigiere ich mich und spüre, wie mir die Hitze ins Gesicht steigt.

Sein Blick wandert an mir herab und bleibt an meinen Beinen hängen. »Keine Sorge«, sagt er dann. »Ich will dir bestimmt nicht an die Wäsche, Cooper.« Er verzieht den Mund. »Außerdem geht bei mir seit dem Unfall eh nichts mehr«, fügt er mit einem Nicken in Richtung seines Schritts hinzu. »Da herrscht tote Hose.«

»Oh, äh, ja dann, alles klar«, stammele ich. Das war etwas mehr Info, als ich gebraucht hätte, aber beruhigend zu wissen. Ich zeige auf das Bett, um die peinliche Situation zu beenden. »Links oder rechts?«

»Rechts, antwortet er. »Wenn du noch mal ins Bad willst, geh lieber jetzt, bevor du heute Nacht rausmusst.«

Da das Bett an der Wand steht, würde das bedeuten, über ihn zu klettern. Das ist keine Option.

»Hast du vielleicht ein T-Shirt für mich?«

Josh wühlt im Schrank. »Hier.« Er reicht mir ein graues Shirt. Der Stoff ist weich und der Aufdruck der Tigers auf der Brust verwaschen. »Mir ist es zu klein, aber dir sollte es passen.«

Ich nehme es entgegen und verschwinde damit im Bad. Das Badezimmer entpuppt sich als winzig, aber sauber. Das Waschbecken, die Toilette und die uralte Badewanne mit Füßen wirken, als würden sie noch aus der ersten Hälfte des vergangenen Jahrhunderts stammen. Doch vor allem ist es hier drin furchtbar kalt. Mit zitternden Fingern knöpfe ich meine Bluse auf, nehme meinen Mut zusammen und ziehe sie aus. Sofort kribbelt eine Gänsehaut auf meinem Rücken und ich streife schnell das Shirt über den Kopf. Es riecht nach Weichspüler und ist mir viel zu groß. Der Saum endet knapp über dem meines Rocks, also kann ich ihn auch ausziehen. Ich löse meinen Pferdeschwanz, kämme mir mit den Fingern durchs Haar und binde es zu einem lockeren Messy Bun am Hinterkopf.

Sehr sexy, denke ich beim Anblick meines Spiegelbilds. Aber wieso sollte ich auch sexy sein? Schließlich sind die Fronten geklärt.

Ich kehre ins Schlafzimmer zurück und schlüpfe schnell ins Bett, während Josh im Bad verschwindet. Ich nutze die Chance, um mir die Strumpfhose auszuziehen. Endlich! In dem kratzigen Ding hätte ich bestimmt nicht schlafen können. Bibbernd rolle ich mich in der Hoffnung unter der Decke zusammen, dass mir bald wärmer wird.

»Aber der Hund bleibt draußen«, stellt Josh fest, als er zwei Minuten später, nur mit Boxershorts bekleidet, im Türrahmen erscheint.

Mein Blick gleitet über seine breiten Schultern und die behaarte Brust. Verlegen wende ich mich ab.

»Klar.«

Er scheucht Snowball ins Wohnzimmer, dann schließt er die Tür und löscht das Licht. Die Matratze gibt unter seinem Gewicht nach, er wälzt sich ein paarmal hin und her, bis er eine bequeme Position gefunden hat. Er seufzt.

»Gute Nacht, Cooper.«

Cooper ... Irgendwie versetzt es mir einen Stich, dass er mich beim Nachnamen nennt. Aber andererseits macht es das auch leichter zu vergessen, dass ich gerade im Bett eines fremden Mannes liege.

Das hier ist alles ganz harmlos, rede ich mir ein, um mein schlechtes Gewissen Aaron gegenüber zu besänftigen.

Außerdem hat Josh selbst gesagt, dass bei ihm nichts geht und er mich nicht attraktiv findet.

Seine Atemzüge werden tiefer und kurz darauf verrät mir ein leises Schnarchen, dass er eingeschlafen ist, während ich mit klopfendem Herzen und der Gewissheit daliege, sowieso keine Ruhe zu finden.

# Kapitel Neun

Irgendwann muss ich wohl doch eingeschlafen sein. Als ich erwache, weiß ich kurz nicht, wo ich bin. Verwirrt blinzele ich in das trübe Dämmerlicht, das durch die Ritzen der Fensterläden sickert, und langsam kehrt die Erinnerung an gestern zurück. Ich bin bei Josh!

Er liegt auf der Seite, mit dem Rücken zu mir, und schläft noch. Dafür bin ich jetzt hellwach und außerdem muss ich mal zum Klo. Das Problem ist nur, dass ich über ihn klettern muss, um aus dem Bett zu kommen.

Die Decke raschelt leise, als ich sie zurückschlage und mich aufrichte, während ich Josh im Auge behalte. Vorsichtig setze ich ein Bein auf die andere Seite, knie über ihm. Er bewegt sich, dreht sich um. Ich erstarre und halte den Atem an, blicke auf ihn hinab. Okay, weiter, anderes Bein, wieder kurz abwarten, um dann möglichst geräuschlos das Schlafzimmer zu verlassen. So ist zumindest der Plan. In der Realität knarren die hölzernen Bodendielen bei jedem Schritt, obwohl ich auf Zehenspitzen gehe. Das Quietschen der Tür war gestern auch viel leiser, oder? Egal, ich schiebe mich durch einen Spalt ins Wohnzimmer und werde von Snowball mit einem freudigen Kläffen begrüßt.

»Schhhh«, mache ich, schnappe mir den Hund, hebe ihn hoch und halte ihm die Schnauze zu. Kurzerhand nehme ich ihn mit ins Bad, bevor er weiter so einen Radau veranstaltet.

»Na dann«, sage ich, nachdem ich mich erleichtert habe. »Schätze, du musst auch mal, was?«

Snowball wedelt mit dem Schwanz, was ich als Ja werte, und folgt mir zur Haustür. Ich öffne sie schwungvoll und pralle zurück.

»Shit!«

Der Schnee reicht mir bis zur Brust. Vielmehr *er reichte*, denn aus der Schneewehe, die den Ausgang versperrt, löst sich eine kleine Lawine und ergießt sich über meine nackten Füße.

»Oh, f..., ist das kalt!«, fluche ich leise vor mich hin, bücke mich und versuche, den Schnee mit den Händen wieder nach draußen zu schaufeln. Die winzigen Eiskristalle sind so fein, dass sie mir durch die Finger gleiten. So ein verdammter Mist!

Ich versuche, das Gekläffe zu ignorieren, drehe mich noch mal auf die andere Seite und ziehe mir das Kissen über den Kopf, aber es nützt nichts. Jetzt bin ich wach. Verschlafen reibe ich mir mit beiden Händen durchs Gesicht und tappe auf nackten Füßen ins Wohnzimmer. Bei dem Anblick, der sich mir bietet, traue ich meinen Augen nicht.

Skye steht vornübergebeugt an der Haustür. Das T-Shirt ist hochgerutscht und verschafft mir eine ziemlich gute Aussicht auf ihren Hintern, der - zu meinem allergrößten Erstaunen - mit einem weißen Spitzenhöschen bekleidet ist. Hätte nicht gedacht, dass sich unter dieser grauenhaften Strumpfhose etwas so Zartes verbirgt.

Sie flucht leise vor sich hin und ich meine, ein »Fuck, fuck, fuck, fuck!« herauszuhören. Mit bloßen Händen kämpft sie gegen den Schnee, während Snowball aufgeregt zwischen ihren Beinen umherspringt. Ich verkneife mir ein Lachen und beobachte ihr Treiben ein Weilchen.

»Was wird das, wenn's fertig ist?«

Sie wirbelt zu mir herum und starrt mich an.

»Ich ... Du«, stammelt sie. Sie wird rot, und ich kann sehen, wie es hinter ihrer Stirn arbeitet. Ihre Hände fliegen zum Saum des T-Shirts, zerren es runter. Als ihre Fingerspitzen ihre Oberschenkel berühren, gibt sie ein quiekendes Geräusch von sich.

»Na, kalt?«, frage ich amüsiert.

Sie schenkt mir einen angepissten Blick, und ich kann mich nicht mehr zusammenreißen und kichere hilflos.

»Haha, sehr witzig. Der Hund muss mal raus«, fügt sie mit einer vorwurfsvollen Geste in Richtung des Häufleins Schnee hinzu, das sich langsam auf dem Fußboden in eine Pfütze verwandelt. Genau in dem Moment hebt Snowball sein Bein an der Schneewehe und ein kleines Bächlein gesellt sich zu der Pfütze.

»Oh, du M...«, flucht Skye. Mein Hirn vervollständigt den Satz und das gibt mir den Rest. Ich breche in schallendes Gelächter aus.

»Ich wollte Mistvieh sagen«, rechtfertigt sie sich, aber das macht es auch nicht besser. Ich krieg mich gar nicht mehr ein, mir kommen schon die Tränen.

»Er hat dir gerade ins Wohnzimmer gepinkelt!«

»Eben«, japse ich. »Das ist so absurd, du hättest dich sehen sollen, du ... Ach, vergiss es«, setze ich mit Blick auf ihren Gesichtsausdruck hinzu und gehe einen Lappen holen.

Ich sehe Josh nach, der, nur in Boxershorts, einen Wischlappen aus dem Schrank unter der Spüle nimmt. Immer noch grinsend kehrt er zurück, um das Malheur aufzuwischen.

»Lass mich das machen«, sage ich unwirsch. »Zieh dir lieber was an.«

Er hält inne und sieht mich an. »Warum?« Seine Mundwinkel zucken. »Stört dich der Anblick?« Er richtet sich zu seiner vollen Größe auf.

Mein Blick gleitet über seine breite Brust und den flachen Bauch - kein Sixpack, aber auch keine Wampe, sondern irgendwas dazwischen, das gemütlich aussieht, als könnte man sich gut daran ankuscheln – sowie weiter entlang an seinen muskulösen Oberschenkeln und den kräftigen Waden bis hinunter zu seinen nackten Füßen.

»Andere Frauen sind bereit, viel Geld für einen Nacktputzer zu bezahlen«, fügt er mit einem breiten Grinsen hinzu.

»Es ist kalt«, sage ich, obwohl mir bei dem Anblick eher heiß wird.

Josh stutzt. »Weil dir kalt ist, soll ich mir was anziehen?«

»Genau!«

»Frauenlogik«, sagt er und schüttelt den Kopf. »Wie wär's, wenn *du* dir was anziehst und ich koche uns derweil einen Kaffee?«, schlägt er vor.

»Kaffee ist eine ausgezeichnete Idee.« Vielleicht kommt mein Kopf dann mal wieder klar. Aktuell habe ich nämlich das Gefühl, etwas neben mir zu stehen, was daran liegen könnte, dass ich mit einem halbnackten Mann festsitze, der eindeutig nicht mein Freund ist.

Aaron! Der Gedanke an ihn bringt mich zurück auf den Boden der Tatsachen. Hektisch wirbele ich herum und schnappe mir mein Handy vom Tresen. Die Nachricht ist natürlich nicht automatisch rausgegangen. Wäre ja auch zu schön gewesen. Aber immerhin habe ich Netz, wenn auch nur einen Balken. Mit zittrigen Fingern drücke ich auf »erneut senden« und bete. Diesmal klappt es, wie mir das blaue Häkchen verrät. Kurz darauf erscheint ein zweites. Aaron hat die Nachricht also gelesen; und nur zwei Sekunden später klingelt mein Telefon.

»Skye, Gott sei Dank!«, erklingt seine Stimme an meinem Ohr. »Wie geht's dir?«

»Gut«, antworte ich. »Aber ich sitze fest und komme nicht weg, wir sind eingeschneit.«

»Geht mir genauso«, gibt Aaron zurück. »Sie haben den Flughafen in Knoxville gesperrt.«

»Wie ärgerlich«, bemerke ich und gebe mir Mühe, nicht allzu fröhlich zu klingen.

»Hoffentlich werden die Straßen bald geräumt«, antwortet Aaron düster.

»Bestimmt«, sage ich. »Dann bin ich sofort bei dir. Ich muss bloß einen Weg finden, von diesem Berg zu kommen.«

»Welchem Berg?«, fragt Aaron und mir fällt auf, dass ich mich verplappert habe. »Wo bist du denn?«

»Ich ... Bei Josh.«

»Wer ist Josh?«

»Niemand«, beeile ich mich zu sagen. »Bloß ein Freund.«

»Na, dann ist es ja gut«, sagt Aaron und klingt erleichtert. »Pass auf dich auf.«

»Du auch. Ich liebe dich«, setze ich leiser hinzu.

»Warum flüsterst du?«, fragt Aaron misstrauisch.

»Ich hab nicht geflüstert«, behaupte ich, diesmal wieder in normaler Lautstärke. »Muss an der Verbindung liegen. Ich bin jetzt weg«, sage ich schnell und lege auf.

»Muss an der Verbindung liegen?« Josh, inzwischen mit Jeans und einem Kapuzenpulli bekleidet, sieht mich an und hebt verwundert eine Augenbraue.

»Ja, sie war schlecht«, rechtfertige ich mich. »Aaron hat mich nicht gut verstanden.«

»Könnte aber auch daran liegen, dass du ziemlich leise gesprochen hast.« Er zwinkert mir zu. »Du brauchst nicht zu flüstern, Cooper. Ist mir egal, ich würde dich ja auch allein lassen, doch es geht leider nicht.« Er deutet mit einer vielsagenden Geste Richtung Tür. »Sorry«, fügt er grinsend hinzu. »Aber keine Sorge, ich belausche euch schon nicht bei euren Liebesschwüren.«

»Was ist mit dem Kaffee?«

»Der Strom ist weg.«

»O nein, und jetzt?«

»Werde ich mir einen Weg zum Generator im Schuppen freischaufeln müssen«, gibt er seufzend zurück und nimmt seine Jacke. »Du kannst derweil Feuer machen.«

In weiser Voraussicht habe ich gestern einen Schneeschieber direkt neben der Haustür abgestellt. Nur noch das oberste Stück des hölzernen Stiels ragt hervor, also ziehe ich meine Handschuhe an und zerre ihn raus. Zum Glück ist der Schnee nicht schwer, aber gut schaufeln lässt er sich nicht. Das feine Pulver rieselt immer wieder an den Rändern in meine Spur und ich komme nur langsam voran.

Immerhin lenkt es mich davon ab, dass ich keine Prozacs mehr habe. Auch wenn ich gestern erst die letzte genommen habe und der Wirkstoff meinen Körper noch gar nicht verlassen haben *kann*, macht mich allein der Gedanke, keinen Nachschub zu kriegen, nervös.

Es ist ja nicht so, dass ich abhängig von dem Zeug wäre. Ich komme auch ohne klar, rede ich mir ein. Aber gleichzeitig weiß ich, dass es nicht so ist. Das sagt mir dieses Gefühl, dieses dumpfe Ziehen in meinem Hirn.

Verbissen kämpfe ich mich weiter, Stück für Stück, immer vorwärts, einfach nicht dran denken. Die Luft ist klirrend kalt, aber von der ungewohnten Arbeit wird mir warm. Gott sei Dank habe ich in den letzten Wochen so viel Holz gehackt, sonst wäre ich körperlich gar nicht in der Lage dazu. Trotzdem anstrengend, deshalb muss ich immer wieder Pausen einlegen und verschnaufen.

Da ich nichts anderes habe, ziehe ich meine Klamotten von gestern wieder an. Wird wohl einen zweiten Tag gehen, es muss. Aber mein Aussehen ist zweitrangig, schließlich ist das hier eine Notlage. Und an wen wendet man sich da? - Richtig! Ich schnappe mir mein Handy und wähle Ryans Nummer. Es klingelt, und während ich darauf warte, dass er rangeht, füttere ich Snowball mit einer Scheibe Toastbrot.

»Cooper?« Seine Stimme klingt gehetzt.

»Ryan, endlich!«

»Skye! Geht's dir gut?«

»Ja, so weit alles in Ordnung, aber wir sind eingeschneit.«

»Wer nicht?«, gibt mein Bruder lakonisch zurück. »Hör zu, ich muss los, macht euch ein kuscheliges Wochenende.«

»Nein!«, rufe ich, bevor er auflegen kann. »Du musst mich hier rausholen!«

»Muss er schon wieder arbeiten?«, frotzelt Ryan. »Ich sag ja, heirate ihn besser nicht.«

»Was? Nein, ich bin nicht bei Aaron.«

»Sondern?«

»Bei Josh.«

»Dearing?« Ryan klingt erstaunt.

»Wem sonst?«, entgegne ich unwirsch. »Ist 'ne lange Geschichte. Aber was ist jetzt, kannst du mich hier rausholen?«

»Du bist lustig«, sagt Ryan. »Wie sollen wir denn da hochkommen? Wir haben schon hier unten im Tal genug damit zu tun, die Straßen wieder freizuschieben.«

»Aber ich muss zu Aaron.«

»Sorry, aber ich fürchte, daraus wird erstmal nichts. Habt ihr genug Vorräte?«

»Ja, wir sind versorgt. Wir haben alles außer Hundefutter.«

»Wieso Hundefutter?«, fragt Ryan irritiert. »Oh, ist Snowball bei euch? Miley war schon ganz außer sich und dachte, er wäre fortgelaufen. Am besten ich geb Mom Bescheid.«

»Ja, mach das. Keine Sorge, dem kleinen Scheißer geht's gut«, vergewissere ich mich mit Blick nach unten. Aber gutes Stichwort, vielleicht sollte ich ihn mal rauslassen.

»Ich schaue, was ich für euch tun kann«, sagt Ryan. »Ich melde mich, okay?«

»Okay«, sage ich und lege auf. Verdammt! Wie es aussieht, sitzen wir hier noch eine ganze Weile fest.

Nach etwa einer Stunde stütze ich mich schwer atmend auf die Schaufel. Ich habe gerade mal die Hälfte der Strecke zum Schuppen zurückgelegt, dabei sind es eigentlich nur ein paar Schritte. Trotzdem ziemlich weit, wenn einem Schneemassen in Brusthöhe den Weg versperren. Vom Baum in der Einfahrt gar nicht zu reden, er ragt auf wie eine weiße Wand. Da mal eben mit der Motorsäge dranzugehen, kann ich komplett vergessen.

Ich bin eigentlich jetzt schon total erledigt, doch Aufgeben ist keine Option. Und das noch vor dem ersten Kaffee, denke ich seufzend. So langsam beginne ich, das alles hier zu hassen. Diese Berge, das Haus und vor allem dieses verdammte weiße Zeug. Schnee, nichts als Schnee, so weit das Auge reicht. Wütend ramme ich den Schneeschieber hinein. Das Aluminium gleitet mühelos hindurch. Schwungvoll werfe ich eine Schaufel voll neben mich und die feinen Kristalle zerstäuben zu einem Wölkchen und regnen funkelnd auf mich herab. Als wär ich die verdammte Eiskönigin, oder was?

Let it go, let it go, singt eine leise Stimme in meinem Kopf.

Na super! Jetzt hab ich einen Ohrwurm. Und dann auch noch den bescheuertsten, den man haben kann. Herzlichen Glückwunsch, Josh! Ich bin echt nicht ganz dicht in der Murmel, denke ich kopfschüttelnd und arbeite mich voran.

»Soll ich dich ablösen?«, fragt Skye plötzlich hinter mir.

»Nein«, sage ich. »Geht schon.«

»Der Hund musste mal raus und ich will nicht nur rumsitzen.«

»Dann mach mir ein Sandwich«, schlage ich vor, denn so langsam sterbe ich vor Hunger, wie mir mein knurrender Magen bestätigt.

»Was willst du drauf haben?«

»Mir egal«, gebe ich zurück und trotze dem Schnee ein weiteres Stück ab.

Ein paar Minuten später kehrt Skye mit einem Teller zurück. »Egal gab's nicht«, sagt sie. »Also habe ich eins mit Schinken und Käse und eins mit Erdnussbutter und Marmelade gemacht.« Man merkt, dass sie kleine Geschwister hat.

»Danke«, sage ich und greife zu. »Du nicht?«

Sie nimmt sich eines der Dreiecke und beißt hinein.

»Nicht schlecht«, stelle ich anerkennend fest, vertilge den Rest meines Sandwichs und wende mich wieder der Schneeschaufel zu.

Eine weitere halbe Stunde später habe ich mich endlich bis zum Schuppen durchgekämpft. Im Innern ist es dunkel, die Fenster sind zugeschneit und ich taste mich im Dämmerlicht, das durch die Türöffnung fällt, vor zum Generator. Das Ding ist steinalt, so wie alles hier, und ich bete zu Gott, dass er diesmal anspringt. Der Tank ist leer, also fülle ich ihn aus einem der Kanister, die ich vor einigen Tagen besorgt habe, greife mir die Anlasserschnur und ziehe daran. Der Motor stottert, aber mehr tut sich nicht. Noch mal ... Beim dritten Versuch springt er endlich an, hustet eine dunkle Wolke Abgase in den kleinen Raum und findet in einen rumpelnden Lauf. Klingt irgendwie unrund, aber fürs Erste haben wir jedenfalls Strom. Der war auch teuer erkämpft. Ich bin stehend k.o. und brauche dringend eine Dusche.

Josh macht Feuer unter dem alten Heizkessel, denn die Hütte hat kein fließendes Warmwasser, wie ich vorhin schon festgestellt habe.

»Das dauert eine Weile«, meint er, nimmt sich einen Becher Kaffee, der inzwischen durchgelaufen ist, und legt die Hände darum, um sie zu wärmen.

»Ich habe übrigens vorhin mit meinem Bruder telefoniert. Er weiß, dass wir hier sind, und hat versprochen, sich zu melden, wenn es was Neues gibt.« Ich werfe einen Blick auf mein Handy, ob jemand eine Nachricht geschrieben hat, und stelle fest, dass der Akku nur noch fünf Prozent anzeigt. »Hast du mal ein Ladegerät?«

Josh schüttelt den Kopf. »Sorry, ich hab ein iPhone. Der Stecker passt nicht.«

»So ein Mist.« Dann sollte ich mir den Rest besser einteilen. »Gib mir deine Nummer«, sage ich.

Er diktiert sie mir und ich schicke sie meinem Bruder, damit er uns erreichen kann. Dann schalte ich mein Telefon erstmal aus, damit es nicht für irgendeinen Quatsch Strom verbraucht.

Josh verschwindet im Bad. Durch die geschlossene Tür höre ich die Dusche plätschern. Ich könnte auch eine vertragen. Jetzt, wo klar ist, dass ich so schnell nicht von hier fortkommen werde, möchte ich mich zumindest etwas frisch machen.

## Kapitel Zehn

Eine halbe Stunde später fühle ich mich endlich wieder wie ein Mensch. Von der Tatsache mal abgesehen, dass mich mein Hirn immer dringender darauf hinweist, dass es gern eine Prozac hätte, um die Säfte in seinem Innern zu normalisieren.

»Hast du ein Handtuch für mich?«, fragt Skye. »Und …« Sie zögert und läuft rot an.

»Und was?«, hake ich nach.

»Na ja, vielleicht Boxershorts und eine Jogginghose?« Sie zupft unbehaglich an ihrer Strumpfhose. »Ich würde mich auch gern ein wenig frisch machen.«

»Klar«, sage ich. Nichts lieber, als dass sie dieses furchtbare Ding auszieht. Davon kriegt man ja Augenkrebs!

Ich verkneife mir einen Kommentar, gehe ins Schlafzimmer und suche ihr ein paar Klamotten raus, die ihr vermutlich auch viel zu groß sein werden.

»Tut mir leid, ich hab nichts anderes.«

»Hätte mich auch gewundert, wenn du heimlich Spitzenhöschen trägst, Dearing«, gibt sie kumpelhaft zurück.

»Aber dafür habe ich das hier«, entgegne ich, schiebe mich an ihr vorbei ins Bad, öffne das kleine Schränkchen unter dem Waschbecken und präsentiere ihr eine neue Zahnbürste, noch eingeschweißt.

»Ich könnte dich knutschen«, sagt sie und schnappt mir die Blisterpackung aus der Hand.

»Aber bitte erst nachdem du dir die Zähne geputzt hast.«

Sie schlägt nach meinem Arm und ich verdrücke mich lachend, damit sie sich der Körperpflege widmen kann.

Während sie duscht, kümmere ich mich um eine Art zweites Frühstück, Rührei mit Speck. Nach dem unfreiwilligen Sportprogramm heut Morgen brauche ich was Anständiges.

Skye hat vorhin ein Schinkensandwich gegessen, also gehe ich jetzt mal nicht davon aus, dass sie Vegetarierin ist, und mache gleich eine ganze Pfanne.

Der Duft von brutzelndem Speck wabert durch den Raum. Mir läuft schon das Wasser im Mund zusammen. Aus dem Bad erklingt ein spitzer Schrei. Ah, okay. Vielleicht hätte ich sie darauf hinweisen sollen, dass ...

»Da kommt kein heißes Wasser mehr!«

Ich drehe mich zu Skye um, die in ein Handtuch gewickelt und tropfend im Wohnzimmer steht.

»Ja, es reicht nicht sehr lange«, bemerke ich und verkneife mir ein Grinsen.

»Hättest du mir das nicht vorher sagen können?«

»Hab ich vergessen«, sage ich und schenke ihr ein entschuldigendes Lächeln.

»Würdest du wohl Feuer unterm Kessel machen?« Sie rollt mit den Augen. »Ich hab noch Shampoo in den Haaren«, fügt sie zur Erklärung hinzu.

»Na, dann will ich mal nicht so sein«, sage ich gnädig und gehe Holz nachlegen, damit die Dame ihre späte Morgentoilette beenden kann.

Meine nackten Füße hinterlassen feuchte Spuren auf dem Holzboden, als ich ins Bad zurückgehe. Hier drin ist es a... usgesprochen kalt, aber ich will nicht halbnackt im Wohnzimmer am Kamin rumsitzen. Also warte ich bibbernd darauf, dass Josh das Okay gibt.

»Sollte wieder heiß sein!«, ruft er mir durch die Tür zu.

»Na endlich«, murmele ich vor mich hin, steige zurück in die Badewanne, ziehe den Duschvorhang zu und drehe das Wasser auf. Ich warte einen Moment ab, bis es warm ist, bevor ich mir endlich das Shampoo rausspüle - Head and Shoulders »gegen Schuppen und juckende Kopfhaut«. Ich hoffe nur, meine Haare werden davon nicht strohig. Dann greife ich zu seinem Duschgel und schnuppere daran. Es riecht ziemlich maskulin, aber es ist kein anderes da, also bleibt mir nichts übrig. Dann rieche ich jetzt wohl nach ihm, denke ich, als ich mich damit einseife und mir der würzige Duft in die Nase steigt. Nach Holz und Zitrusnoten, herb und sinnlich, irgendwie ... sexy.

Das Bild seines nackten Oberkörpers erscheint vor meinem geistigen Auge. Die kräftigen Schultern und die breite, behaarte Brust, an die man sich bestimmt gut ankuscheln kann. Für einen winzigen Moment stelle ich mir vor, es wären seine Hände, die über meinen Körper gleiten. Mein Puls beschleunigt sich und ... Halt, stopp! Woran denke ich denn da eigentlich? Schluss jetzt! Was ist denn nur in mich gefahren? Ich war Aaron immer treu und habe nie auch nur eine Sekunde an einen anderen gedacht.

Das liegt nur an dieser unfreiwilligen Nähe und dieser ... Nacktheit! Es ist nicht gut, dass wir einander so unbekleidet gesehen haben. Das bringt nur alles durcheinander. Deshalb sollte ich von jetzt an darauf achten, mich bedeckt zu halten.

Wie zum Beweis rubbele ich mich trocken und schlüpfe in seine Sachen. Die Jogginghose ist mir viel zu weit, aber durch die Bänder kann ich sie am Bauch zusammenschnüren und das schlabberige Kapuzenshirt verbirgt meine Kurven.

»Total unsexy«, murmele ich vor mich hin und nicke meinem Spiegelbild bekräftigend zu. Also dann.

Schwungvoll öffne ich die Tür und trete ins Wohnzimmer. »Hmm, was riecht hier so gut, Dearing?«

Josh sieht zu mir rüber und ein Lächeln gleitet über sein Gesicht. »Mittagessen«, sagt er. »Ich hoffe, du magst Speck und Eier, Cooper.«

Okay, denke ich und nehme den Teller entgegen, den er mir hinhält. Wir haben hier alles im Griff, das ist ganz harmlos.

Josh hat schon aufgegessen und stellt seinen Teller in die Spüle. Dann zieht er das Fläschchen mit den Tabletten aus seiner Hosentasche, schüttelt zwei heraus und spült sie mit einem Schluck Wasser runter.

»Dein Knie?«, frage ich und er nickt.

»Geht schon«, sagt er und wendet sich ab. »War einfach ein bisschen viel heut Morgen.«

»Tut mir leid, ich wollte keine Umstände machen.«

Josh schüttelt den Kopf. »Machst du nicht. Ich hätte sowieso rausgemusst, um den Generator anzuwerfen. Ob du nun da bist oder auch nicht.« Er zuckt mit den Schultern.

Na bitte, er sagt es ja selbst. Josh interessiert sich nicht für mich. Wir sind bloß eine Zweckgemeinschaft. Ein Mann und eine Frau, die zusammen ein Wochenende in einer Hütte verbringen, mehr nicht.

Die Zeit dehnt sich wie altes Kaugummi, während mein Unbehagen wächst. Das ferne Ziehen am Rande meiner Wahrnehmung hat sich zu einem konstanten Pochen ausgeweitet, das sich langsam nicht mehr ignorieren lässt. Mir ist langweilig; außer rumzusitzen und Radio zu hören gibt es hier nichts zu tun. Ziemlich blöd, wenn es darum geht, nicht an eine Prozac zu denken. Am liebsten würde ich noch eine Schmerztablette nehmen, aber Skye hat vorhin schon komisch geguckt.

Gegen Abend halte ich es nicht mehr aus.

»Du schluckst ganz schön viele von den Dingern«, bemerkt sie prompt.

»Nicht immer«, rechtfertige ich mich. »Nur an schlechten Tagen.«

»Das ist auch nicht wirklich gesund«, fügt sie mit Blick auf den Whisky hinzu, den ich mir einschenke.

»Wer bist du? Meine Mutter?«

Sie hebt beschwichtigend die Hände. »Schon gut. Ich meine ja bloß. Schmerzmittel und Alkohol sind 'ne schlechte Kombination, ist nicht gut für die Leber.«

Ha, der war gut! Als ob es darauf noch ankäme ...

»Bist du bald fertig mit deinem Vortrag, Frau Doktor?«, schnauze ich sie an und sie zuckt zusammen.

Sofort tut es mir leid, dass ich so unfreundlich war. Es ist ja nicht ihre Schuld, dass ich langsam durchdrehe. Wobei ... Doch, wenn ich genau drüber nachdenke, ist einzig und allein sie schuld daran, weil sie mein Portmonee ... Stopp! Komm mal wieder runter, Alter, rufe ich mich zur Vernunft.

»Auch einen?« Ich schwenke die Flasche auffordernd hin und her und sie seufzt und zuckt mit den Schultern.

»Was soll's? Wir haben sowieso nichts Besseres vor, da können wir uns auch betrinken.«

»Exakt«, sage ich, fülle ein zweites Glas und strecke es ihr hin. »Cheers, Cooper.«

Wir setzen uns in die Sessel, vor den Kamin, trinken unseren Whisky und lauschen dem Wetterbericht, der bereits die nächste Sturmfront ankündigt.

»Eigentlich wär's ja sogar ganz romantisch«, sagt Skye versonnen und gräbt ihre nackten Zehen in das Bärenfell. »Eine einsame Hütte, prasselndes Feuer ... Also, unter anderen Umständen«, schiebt sie schnell nach.

»Du meinst, wenn du mit deinem Freund eingeschneit wärst statt mit mir?«, mutmaße ich und betrachte sie von der Seite. Sie trägt meine Jogginghose und ein Shirt meines Teams und sieht aus, als wäre sie meine Freundin. Ist sie aber nicht.

»Wir verbringen aktuell nicht so viel Zeit miteinander.«

»Warum nicht?«

»Wir führen eine Fernbeziehung. Aaron wohnt in Nashville und ist ziemlich beschäftigt.«

»Was macht er denn, dein Aaron?«

»Er arbeitet im Büro von Marsha Blacksmith.«

»Die Abgeordnete?«, frage ich erstaunt.

Skye nickt. Politik also. Und dann auch noch Republikaner! Ich verkneife mir einen Kommentar und spüle ihn lieber mit einem weiteren Schluck Whisky runter.

»Ich weiß, das klingt jetzt furchtbar konservativ und spießig«, sage ich schnell. »Aber nicht alle Republikaner sind wie Trump.«

»Schon okay«, sagt Josh. »Ist ja dein Freund. Du brauchst dich nicht zu rechtfertigen.«

Trotzdem habe ich das Gefühl, dass ich es muss. Oder sagen wir, ich will es.

»Wir haben uns auf einer Veranstaltung kennengelernt. Seine Chefin hat bei uns am College eine Rede gehalten und er hat sich damals schon voll reingehängt. Seine Karriere ist ihm wichtig, und ich bin mir sicher, er wird es weit bringen.«

»Du meinst bis nach Washington?«

»Ja«, sage ich und nicke. »Aaron ist ehrgeizig und hat das Zeug dazu.«

»Klingt, als wärst du sehr stolz auf ihn.«

»Bin ich. Auch wenn es nicht immer leicht ist«, gestehe ich. »Aber ich unterstütze ihn bei allem.«

»Hinter jedem starken Mann steht eine starke Frau, oder wie war das noch gleich?«

»Ja, so sagt man.« Ich nippe an meinem Glas. Das Zeug ist ganz schön stark und so langsam steigt mir der Alkohol zu Kopf.

»Das ist echt toll«, sagt er anerkennend. »Ich wünschte, Joanna hätte auch so zu mir gestanden.«

»Wer ist Joanna?«

»Meine Ex.«

»Hat sie nicht?«

»Nein.« Er schnaubt. »Vier Monate nach dem Unfall hat sie mit mir Schluss gemacht. Sie hat es nicht ertragen, mit einem Krüppel zusammen zu sein.«

»Du bist doch kein Krüppel!«

»Vielleicht nicht auf den ersten Blick«, gibt Josh bitter zurück. »Aber seit dem Unfall bin ich nicht mehr der Mann, der ich war.«

»Hey«, sage ich sanft, strecke die Hand nach ihm aus und lege sie auf seinen Arm. »Sex ist ja nicht alles in einer Beziehung.«

Josh sieht mich an und für einen Moment liegt in seinem Blick sowas wie ... Sehnsucht. Aber vielleicht bilde ich mir das auch nur ein.

»Also, was ich eigentlich sagen will«, setze ich an. »Ich bin mir sicher, du findest wieder jemanden. Du bist doch ein toller Mann und wenn ich keinen Freund hätte ...« O Gott, habe ich das gerade laut gesagt? Das muss am Alkohol liegen, anders kann ich es mir nicht erklären.

Er schüttelt den Kopf, als würde er eine Erinnerung verscheuchen. »Danke, sehr tröstlich, Cooper«, sagt er dann und wechselt wieder in den Kumpel-Modus. Ist vermutlich auch besser so.

# Kapitel Elf

Ein Kitzeln an meiner Nase weckt mich. Als ich die Augen öffne, stelle ich fest, dass es sich um eine Strähne von Skyes dichtem goldblonden Haar handelt. Ihr Kopf liegt auf meiner nackten Brust, sie muss sich im Schlaf an mich gekuschelt haben. Schlagartig bin ich hellwach und mit einem Mal ist mir alles überdeutlich bewusst: ihr Atem, der aus ihren geöffneten Lippen gleichmäßig über meine Haut streicht, ihre Hand auf meinem Bauch. Mein Puls beschleunigt sich und ich wage kaum zu atmen, aus Angst, sie zu wecken.

Die Latte, die meine Boxershorts ausbeult, ist allerdings nicht der körperlichen Nähe geschuldet, sondern einzig und allein der Tatsache, dass ich mal pinkeln muss, und zwar dringend. Wenn sie jetzt wach wird, denkt sie am Ende noch ... Besser nicht!

Vorsichtig versuche ich mich von ihr loszumachen, bevor Skye auf die Idee kommt, ich wäre scharf auf sie.

»Hmmm«, murmelt sie und schmiegt sich enger an mich.

»Schlaf weiter«, flüstere ich an ihrem Haar.

Ein Lächeln gleitet über ihr Gesicht, sie schmatzt zufrieden, dreht sich noch mal rum und dämmert wieder weg.

Puh, das war knapp. Glück gehabt!

Snowball begrüßt mich mit einem freudigen Kläffen, also kann es nicht mehr lange dauern, bis Skye aufsteht. Mit einem Sprung rette ich mich ins Bad und schließe die Tür hinter mir ab, um mich des Zelts in meiner Unterhose zu entledigen.

Tatsächlich. Kaum dass ich ins Wohnzimmer zurückkehre, kommt mir auch schon Skye entgegen und reibt sich verschlafen die Augen.

»Guten Morgen«, nuschelt sie und schlurft an mir vorbei zur Toilette. Frühaufsteherin ist sie definitiv nicht.

Mir fällt ein, dass heut Sonntag ist. Wäre sie meine Freundin, wäre es also der perfekte Tag, um mit einer Tasse Kaffee noch mal ins Bett zu kriechen und gemeinsam zu chillen. Das hätte ich mir eigentlich immer gewünscht, aber Joanna war nicht der Typ dafür und Skye ist nun mal nicht mit mir zusammen.

Ich schnappe mir mein Handy und schalte es ein. Keine neuen Nachrichten. Nicht von Ryan und vor allem nicht von Aaron. Ich dränge meine Enttäuschung zurück und rufe ihn an.

Beim zweiten Klingeln hebt er ab. »Hey, wo bist du?«

»Wir sitzen immer noch fest.«

»Ich auch. Der Flughafen ist weiterhin gesperrt. Aber in den Lokalnachrichten haben sie vorhin gesagt, die Straßen seien wieder frei.«

»Wenn ich nur irgendwie ins Tal käme«, sage ich und

suche fieberhaft nach einer Möglichkeit. »Fällt dir nichts ein?«, frage ich und warte auf seine Antwort, aber er sagt nichts.

Ich lausche, aber höre ihn noch nicht mal mehr atmen. Aus dem Lautsprecher dringt nur Stille an mein Ohr und es dauert einen Moment, bis mein Hirn realisiert, dass mein Akku gerade den Geist aufgegeben hat.

»So ein Mist!« Frustriert knalle ich das Handy auf den Esstresen und kämpfe gegen die aufsteigenden Tränen an.

Hilflos strecke ich die Hand nach ihr aus und streiche über ihren Rücken.

»Es sind doch nur ein paar Tage, dann seht ihr euch wieder.«

»Du verstehst es nicht«, sagt Skye. Ihre Lippen zucken verdächtig und in ihren Augen schimmern Tränen. »Das war meine Chance auf das perfekte Weihnachten. Weißt du, wie lange ich darauf gewartet habe?«

»Warum habt ihr eigentlich noch nie zusammen gefeiert?«

»Weil er Weihnachten immer zu seinen Eltern fliegt.«

»Du hättest ihn doch begleiten können.«

»Das geht nicht«, sagt sie gedehnt. »Aarons Mutter leidet an einer seltenen Nervenkrankheit, das überfordert sie alles.«

»An welcher?«

»Weiß ich nicht so genau«, sagt Skye und zuckt mit den Schultern. »Aaron hat es mal gesagt, aber ich hab es vergessen. Ist ja auch egal. Auf jeden Fall wäre das meine Chance gewesen, bis dieser Scheißblizzard kam und alles zerstört hat. Aber weißt du was? Ich lasse es einfach nicht zu«, sagt sie hitzig. »Ich lasse mir nicht von ein wenig Schnee mein perfektes Weihnachtsfest zerstören, sondern hole es mir zurück!«

»Wie willst du das anstellen?«

»Was weiß denn ich? Laufen!«

»Laufen?«, gebe ich schnaubend zurück.

»Ja, warum denn nicht? Wir müssten uns bloß bis zur Ranger-Station durchschlagen. Oder fällt dir was Besseres ein?«

»Das ist doch total verrückt«, entgegne ich. »Der Schnee geht mir fast bis zur Brust.«

»Er ging«, stellt Skye mit Blick nach draußen fest. »Er ist zusammengesackt, falls es dir noch nicht aufgefallen ist. Außerdem sind wir als Kinder ständig durch so hohen Schnee gelaufen«, behauptet sie.

Das ist doch eine totale Schnapsidee, bloß ... Je länger ich darüber nachdenke, desto vernünftiger erscheint sie mir. Könnte aber auch daran liegen, dass mein Hirn gern 'ne Prozac hätte. Ziemlich gern sogar.

»Okay«, sage ich, öffne den Wandschrank und suche ein paar dicke Socken heraus.

Skye schenkt mir einen verwirrten Blick. »Was wird das?«

»Ich komme mit.«

»Und was ist mit deinem Knie?«

»Wird schon gehen«, wiegele ich ab. »Aber ...« Jetzt ist sie plötzlich die große Bedenkenträgerin. »Mach dir um mich keine Gedanken«, sage ich. »Ich krieg das schon hin.«

»Bist du dir sicher?«

»Absolut.« Ich nicke ihr bekräftigend zu. »Und ...«

»Was?«

Ich sehe sie an. »Glaubst du echt, ich würde dich allein da rauslassen, Cooper?«

Sie schenkt mir ein zaghaftes Lächeln. »Danke, Josh.«

»Schon okay«, sage ich und winke ab. »Vorschlag: Du ziehst dich um und machst Sandwiches, ich packe ein paar Sachen, dann brechen wir auf.«

Außerdem habe ich einen guten Grund, ebenfalls ins Tal zu wollen.

# Kapitel Zwölf

Eine Viertelstunde später ist Josh bereit zum Aufbruch. »Ich dachte, du wolltest ein paar Sachen packen«, sage ich mit Blick auf den leeren Rucksack.

»Der ist für Snowball«, sagt Josh. »Oder möchtest du ihn die ganze Zeit tragen?« Er schnappt sich den Hund, setzt ihn hinein und bindet die Schnur oben zu, sodass nur noch Snowballs Kopf herausguckt.

»Perfekt«, sage ich. »Gut mitgedacht, Dearing.«

»Ja«, sagt Josh und grinst. »Manchmal bin ich echt zu was zu gebrauchen.«

Er schultert den Rucksack mit dem Hund und ich nehme den kleineren, in dem sich unser Proviant befindet: Sandwiches, eine Thermoskanne mit heißem Tee und ein paar Dosen Cola.

»Bist du bereit?«

Ich nicke entschlossen. »Bereit.«

»Gut, gehen wir.«

Er lässt mir den Vortritt, zieht die Tür hinter sich zu. Einen Moment betrachte ich die weiße Mauer, die sich vor uns auftut. Aber ich hatte recht, sie *ist* über Nacht etwas niedriger geworden, weil der Schnee sich gesetzt hat.

Außerdem ist die Oberfläche angefroren, wie mir ein prüfender Griff bestätigt. Das ist gut, dann sacken wir nicht so tief ein. Hoffe ich zumindest. Kein Problem, rede ich mir gut zu. Als wir klein waren, sind wir stundenlang draußen rumgerannt, haben Schneemänner gebaut und sind ...

Das ist es! Ich fasse nach seinem Arm. »Gibt es hier einen Schlitten? Irgendwo im Schuppen?«

Er schüttelt den Kopf. »Nein, hab keinen gesehen.«

»Dann zwei Plastiktüten?«

Er sieht mich irritiert an. »Ja, wieso?«

»Darauf kann man rutschen. Hast du so was nie gemacht, als du klein warst?«

»Ich komme aus Memphis«, sagt er kopfschüttelnd. »Da gibt es keinen Schnee. Also manchmal schon, aber nicht so.«

»Wie dem auch sei, hast du nun zwei Tüten?«

»Nein«, antwortet er. »Aber ich hab was Besseres.«

Er geht rüber zum Schuppen und kehrt kurz darauf mit einer der stabilen Planen zurück, die er neulich gekauft hat.

»Und jetzt?«, fragt er dann. »Rutschen wir einfach den Berg runter?«

»Nein, denn da«, sage ich und deute grob in die Richtung, in der ich sie vermute, »liegt die Happy Valley Ridge. Da bräuchten wir schon einen Fallschirm.«

»Sorry, Fallschirme sind aus«, sagt er mit einem schiefen Grinsen.

»Aber wenn wir dem Weg bis zur Straße folgen, können wir vielleicht darauf runterrutschen.«

»Okay«, sagt er. »Dann los, gehen wir Schlitten fahren.«

Ich nicke ihm zu, hebe einen Fuß, ramme ihn entschlossen in den Rand der Schneewand und entwickele genug Schwung, um mich mit dem zweiten Schritt hochzubefördern. Wie ich vermutet hatte, ist die Oberfläche des Schneefelds gefroren. Sie bricht unter meinem Gewicht ein und ich versinke bis zum Knie. Immerhin nicht bis zur Hüfte, rede ich mir Mut zu und bewege mich noch einen Schritt weiter. Das ist unheimlich mühsam, doch irgendwie werden wir es schon schaffen. Ich lasse mir nicht von ein bisschen Schnee Weihnachten versauen.

Skye geht einfach los und bricht prompt ein, rappelt sich wieder hoch und kämpft sich vorwärts. Das ist vollkommener Schwachsinn, wir werden es niemals bis zur Straße schaffen. Ich zumindest nicht, das weiß ich jetzt schon. Aber Knie hin oder her, es bleibt mir wohl nichts anderes übrig, als ihr zu folgen, wenn ich nicht wie der totale Schlappschwanz dastehen will.

Sieh es einfach als Spiel, das du gewinnen musst, rede ich mir ein. Und nachher gibt's dafür die Belohnung in Form einer schönen Prozac. Das heißt …

»Hey, Cooper, haben die Läden hier sonntags geöffnet?«

»Der Supermarkt schon, aber nur bis sechs.«

Bis dahin sollten wir lange unten sein, also dann …

Wir umrunden unsere Autos, wobei ich mir Mühe gebe, meine Füße immer in Skyes Fußspuren zu setzen, in der Hoffnung, dass es dadurch leichter wird. Wird es aber nicht, am Ende der Einfahrt bin ich bereits stehend k.o., dabei liegt die nächste Hürde direkt vor uns.

Der umgestürzte Baum ist nur daran zu erkennen, dass er sich wie eine Wand aus Schnee vor uns erhebt. Die Oberfläche erscheint glatt und makellos, als könnte man einfach so hinaufspazieren, aber im Innern dieser Schneewehe verbergen sich Äste, und vor allem die Lücken zwischen ihnen können tückisch sein, wenn man nicht sieht, wohin man tritt.

»Wir müssen außenrum«, entscheide ich.

Skye nickt und kämpft sich schweigend die Böschung zum Waldrand hoch. Zwischen den Bäumen liegt weniger Schnee, dafür müssen wir jetzt auf glitschige Äste und Wurzeln achten, die darunter lauern. Trotzdem kommen wir bedeutend leichter voran.

Cooper ist echt zäh, das muss man ihr lassen. Sie hat Mumm in den Knochen, vermutlich sogar mehr als ich, und sie ist zu allem entschlossen.

Ja, weil sie zu ihrem Aaron will, du Idiot, flüstert eine leise Stimme in meinem Kopf. Ich wünschte, Joanna hätte auch so um mich gekämpft. Er kann echt von Glück reden, eine Frau wie sie an seiner Seite zu haben. Sie ist intelligent, schlagfertig, klug und witzig. Keine Tussi, sondern sie kann anpacken und zuhören und ... gehört einem anderen, rufe ich mich zur Vernunft.

Wir erreichen den flacheren Teil der Schneewehe, unter dem ich die Spitze der Hemlocktanne vermute, die die Einfahrt blockiert. Wir umrunden sie und arbeiten uns wieder zum Weg zurück. Skye immer noch vor mir und ich dicht dahinter.

»Pass auf, die Böschung ist bestimmt rutschig«, sagt sie.

Ich hoffe, dieser Kerl weiß das zu schätzen, was sie hier für ihn tut!

Einem plötzlichen Impuls folgend hole ich mein Handy aus der Innentasche meiner Jacke, starte die Kamera-App und knipse Skye von hinten. Das elektronische Geräusch des Auslösers erklingt und sie wirbelt zu mir herum.

»Was soll das?«

»Hab nur ein Foto gemacht«, entgegne ich.

Sie runzelt die Stirn. »Und wieso?«

Um mich daran zu erinnern, wie sie ausgesehen hat. Mutig und entschlossen. »Nur so«, sage ich und will das Handy wieder wegstecken.

»Lass mal sehen«, verlangt sie und streckt die Hand danach aus.

»Nein.« Plötzlich ist es mir irgendwie peinlich, sie fotografiert zu haben. »Ich lösche es, okay?«

»Zeig her«, sagt Skye und macht einen Schritt auf mich zu.

Sie zerrt an meinem Ärmel, ihre Augen funkeln mich an und wir rangeln um das Handy. Man merkt, dass sie Geschwister hat, zimperlich ist sie nicht. Trotzdem bin ich ihr körperlich haushoch überlegen. Grinsend hebe ich den Arm und wechsele das Handy über meinem Kopf in die andere Hand.

»Und jetzt?«

Sie macht einen Schritt nach links und ... rutscht aus.

Sie schreit überrascht auf und krallt ihre Finger in den Stoff meiner Jacke, um sich an mir festzuhalten. Durch den plötzlichen Ruck verliere ich ebenfalls das Gleichgewicht.

Rücklings stürzt sie die Böschung hinunter und reißt mich mit sich. Zum Glück dämpft der Schnee den Aufprall, er gibt nach und ich begrabe Skye unter mir in seinem eisigen Bett.

Sie quietscht. »Ist das kalt.«

»Alles okay?«, frage ich besorgt. »Ist dir was passiert?«

Skye schüttelt stumm den Kopf, ihre blauen Augen sind weit vor Schreck. Ich hab mich selbst ganz schön erschreckt, mein Herz hämmert in meiner Brust. Sie sieht zu mir auf, ihre Wangen sind gerötet, Eiskristalle funkeln in ihrem Haar. Mein Gott, wie schön sie ist. Warum hab ich das vorher nicht gesehen?

Ihr Atem geht schneller durch ihre geöffneten Lippen, sie sehen einladend aus, und für einen Moment denke ich darüber nach, sie zu küssen.

Los, mach schon, Alter, flüstert die Stimme in meinem Kopf. Tu's einfach!

Hinter mir erklingt ein Niesen, kalte Tröpfchen sprenkeln meinen Nacken.

»O Gott, der Hund«, stößt Skye hervor und das bricht den Bann. »Ist ihm was passiert?«

»Nein«, sage ich und werfe einen Blick über die Schulter, um mich zu versichern, dass es ihm gut geht. Aber ich kann den Kopf nicht so weit drehen.

»Alles okay, Snowball?«

Das warme Hecheln in meinem Nacken ist Antwort genug.

»Nichts passiert, zum Glück.« Damit meine ich nicht nur den Hund, aber egal, ist vermutlich auch besser so.

Mein Herz rast und ich fürchte, es liegt nicht am Schreck, sondern eher an der Tatsache, dass Josh immer noch auf mir liegt. Für einen Moment habe ich wirklich gedacht, er wollte mich küssen. Das Schlimmste ist aber, dass ich nicht weiß, was ich dann getan hätte. Ich glaube, ich hätte es zugelassen, dabei bin ich doch eigentlich auf dem Weg zu Aaron. Aber wie er mich angesehen hat, dieser Blick ...

»Du kannst jetzt übrigens von mir runtergehen«, sage ich brüsk.

»Oh, klar, natürlich.« Er rappelt sich hoch, streckt mir die Hand entgegen und hilft mir auf. »Ist wirklich alles in Ordnung?«, fragt er dann. »Hast du dir wehgetan, Cooper?«

Wir sind also wieder bei diesem Nachnamen-Ding. Gut. »Nein«, sage ich und schüttele den Kopf. »Ich bin ja weich gelandet. Und du, Dearing?«

»Alles okay, weiter.« Josh stutzt und wird bleich. »Wo ist mein Telefon? Es muss mir aus der Hand gefallen sein, beim Sturz.«

»Oh, Shit!« Das Ding ist unsere einzige Verbindung zur Außenwelt.

Gemeinsam durchwühlen wir den Schnee, und ich fühle mich, als wäre ich in einer dieser durchgeknallten Gameshows gelandet, bei der die Kandidaten sich in der Wildnis durchschlagen und in irgendwelchen dummen Spielen beweisen müssen. Nur dass es echt ist. Hier geht es um mehr als ein paar tausend Dollar.

»Ich hab's«, ruft Josh nach einer Weile. Hektisch wischt er den Schnee ab und testet, ob es funktioniert. »Geht noch«, stellt er fest und ich atme erleichtert auf.

Diese blöde Aktion hat uns wertvolle Kraft und Zeit gekostet. Kalt ist mir jedenfalls nicht mehr, ganz im Gegenteil. Ich bin total durchgeschwitzt, das Shirt, das Josh mir geliehen hat, klebt förmlich an meiner Haut und mein Pulli ist klamm. Dafür sind meine Finger kurz vorm Abfrieren, zumindest fühlt es sich so an. Ich reibe sie aneinander, um sie aufzuwärmen.

»Komm her«, sagt Josh. Er nimmt meine Hände zwischen seine und haucht sie an, bis die Wärme seines Atems in meine eisigen Fingerspitzen dringt. Kribbelnd erwachen sie zu neuem Leben.

»Besser?«, fragt Josh und sieht mich von unten herauf an, woraufhin das Kribbeln meine Arme hinaufwandert.

»Ja«, sage ich und entziehe ihm meine Hände, bevor es sich noch in der Herzgegend einnistet. »Los, weiter.«

Brüsk drehe ich mich um und setze meinen Weg fort. Bei jedem Schritt kriecht mir dieser bescheuerte Scheißschnee von unten in die Beine der Jogginghose, nur um dann in dicken Klumpen an meiner Strumpfhose kleben zu bleiben, was das Laufen zusätzlich erschwert.

Auch Josh hat zu kämpfen, selbst wenn er das nicht zugeben würde. Aber ich höre, dass sein Atem hinter mir schwerer geht.

»Jetzt reicht's«, sage ich und bleibe stehen.

»Was?«

»Na das hier, alles«, sage ich mit einer ausladenden Geste. »Ich meine, guck dich doch mal um. Wir sind jetzt seit einer Stunde unterwegs.

»Fast anderthalb«, stellt Josh mit Blick auf die Uhr fest.

»Und wie weit sind wir gekommen? Höchstens eine halbe Meile. Wir haben noch nicht mal die Hälfte der Strecke bis zur Straße geschafft. Ich kann jetzt schon nicht mehr und du auch nicht, wenn du ehrlich bist.«

»Stimmt«, gibt Josh zu und verzieht den Mund, als ob er Schmerzen hätte.

»Wie schlimm ist es?«

Er schüttelt nur den Kopf. »Geht schon. Aber du hast recht, es war eine totale Schnapsidee. Wer weiß, was als Nächstes passiert wäre. Keine Ahnung, was in diesen Wäldern für Viecher rumrennen«, fügt er hinzu. »Gibt es hier Wölfe?«

»Nur Füchse und Coyoten.«

»Da hast du's«, sagt er. »Nur gut, dass die Bären Winterschlaf halten.«

»Ähm ... Tun sie nicht.«

»Was?«

»Schwarzbären halten keinen Winterschlaf«, stelle ich klar. »Sie ruhen nur in ihren Höhlen, kommen aber zwischendurch raus, um zu fressen.«

Josh sieht mich völlig entgeistert an. »Und das sagst du mir erst jetzt?«

»Das weiß man doch.«

»Ich bin ein Stadtmensch«, sagt er und hebt anklagend die Hände. »Schon vergessen? Da, wo ich herkomme, gibt's keine Bären und Coyoten. Der einzige Coyote, den ich kenne, ist der aus dem Fernsehen, der den Road Runner jagt.«

»Dann hättest du besser mal ein paar Tierfilme statt immer nur Comics schauen sollen.«

»Ja, Frau Lehrerin«, brummt Josh.

»Und jetzt?«

»Gehen wir nach Hause, bevor wir noch gefressen werden.«

Er dreht sich um und lässt mich einfach stehen. Im Fortgehen brummt er irgendwas von Hillbillys und ich sehe schleunigst zu, ihm zu folgen, denn um ehrlich zu sein habe ich auch keine große Lust, als Bärenfutter zu enden.

Als wir, zurück von unserer erfolglosen Mission, die Hütte wieder betreten, ist es bereits kurz nach drei. Ich weiß, es war richtig so, mein Knie bringt mich fast um. Trotzdem fühlt es sich an, als wären wir gescheitert. Ich hasse es, zu verlieren. Aber ich bin nun mal ein Loser, denke ich missmutig und befreie Snowball aus dem Rucksack. Zumindest er freut sich, denn auch Skye ist offensichtlich nicht zum Lachen zumute, wie mir ihr bedrücktes Gesicht verrät.

»Vergiss es«, sage ich. »Wir hätten es niemals geschafft. Es ist besser so, auch wenn du jetzt nicht zu deinem Aaron kommst.«

Sie zuckt mit den Schultern. »Ach, es ist ja nicht nur wegen ihm, sondern wegen der Gesamtsituation.«

»Ich weiß nicht, was du hast. Wir sind in Sicherheit, hier ist es trocken und warm«, setze ich an.

»Trocken und warm!« Sie schnaubt. »Ich wollte einen Baum und Kekse, einen Antrag und einen Ring.«

Sie lässt sich auf einem der Sessel nieder und versinkt in trübsinnigem Starren.

»Man kriegt nicht immer das, was man sich wünscht«, gebe ich achselzuckend zurück. »Zieh dir erstmal die nassen

Sachen aus«, sage ich mit Blick auf ihre Beine, um die sich bereits kleine Pfützen aus geschmolzenem Schnee bilden. Sie muss vollkommen durchgefroren sein. »Ich mache derweil Feuer unterm Boiler und nach einem heißen Bad sieht die Welt schon wieder ganz anders aus.«

Hoffe ich zumindest, mein Knie bringt mich noch um! Verstohlen schüttele ich zwei Tabletten in meine Hand und schlucke sie runter.

»Ist es sehr schlimm?«

»Geht schon«, entgegne ich knapp und gehe mich um das Feuer kümmern.

Eine halbe Stunde später gleite ich in das heiße Wasser und stelle meinen Becher Tee auf dem Wannenrand ab. Es ist gemütlich, sehr sogar, und es könnte wirklich romantisch sein, wenn ich mit Aaron eingeschneit wäre. Mit Mr. Right statt mit Mr. Wrong, denke ich mit einem säuerlichen Grinsen. Wobei ...

Wie Josh mich angesehen hat, aus diesen funkelnden smaragdgrünen Augen ... Für einen Moment habe ich wirklich geglaubt, er wollte mich küssen, und jetzt gestatte ich mir einen längeren Moment, mich zu fragen, wie es sich wohl anfühlen würde?

Ein Klopfen lässt mich hochschrecken. »Was ist?«

»Nichts, aber würdest du mir das Wasser in der Wanne lassen, wenn du rausgehst?«, dringt Joshs Stimme durch die Tür zu mir herein.

»Ich soll was?«, frage ich zurück. »Das ist doch eklig.«

»So dreckig wird es wohl nicht sein und ich würde mich auch gerne aufwärmen.«

»Klar!«, rufe ich und lehne mich zurück, um noch ein bisschen zu entspannen. Fünf Minuten später verlasse ich in eine neue Trainingshose und ein dickes Hoodie gehüllt das Bad.

»Bist du dir sicher?«, frage ich zweifelnd, während Josh sich an mir vorbei ins Bad schiebt.

»Absolut«, antwortet er mit einem kurzen Seitenblick. »Mein Bein macht Probleme«, setzt er zur Erklärung hinzu und schließt die Tür hinter sich ab.

Das Wasser ist nicht mehr wirklich heiß, aber warm genug, um die Muskeln in meinem Oberschenkel zu lockern. Durch die Fehlbelastung werden sie schnell steif und die Kälte hat ein Übriges getan.

Was für ein Abenteuer! Wenn ich mir vorstelle, dass wir wirklich versucht haben, uns da durchzukämpfen. Skye wegen der Vorstellung eines perfekten Weihnachtsfests und ich wegen ein paar Pillen. Es ist schon armselig, wie weit man zu gehen bereit ist, wenn man von etwas besessen ist, denke ich kopfschüttelnd. Ich trinke einen Schluck von meinem Tee, in den ich einen großzügigen Schuss Whisky gegossen habe, während Skye im Bad war. In Verbindung mit der warmen Wanne steigt er mir schnell zu Kopf. Soll mir recht sein, das macht das Kreischen in meinem Hirn etwas erträglicher.

Während ich mich entspanne, wandern meine Gedanken zurück zu dem Moment, als wir die Böschung hinuntergestürzt sind. Verrückt, wie nah wir uns in der kurzen Zeit gekommen sind. Wir erleben Dinge, die sonst nur Paare miteinander teilen. Ich meine, hey, sie trägt meine Unterhosen und ich liege in ihrem Badewasser. Näher kann man einer Frau eigentlich nicht sein, ohne mit ihr ins Bett zu gehen, und selbst das haben wir getan, im wörtlichen Sinn.

Dadurch ist diese seltsame Intimität zwischen uns entstanden, die mich beinah dazu gebracht hätte, sie zu küssen. Nicht dass ich scharf auf sie wäre, körperlich. Das verhindern immer noch die Tabletten, ich nehme die Dinger seit drei Jahren. So schnell wird sich an den Nebeneffekten wohl nichts ändern. Aber irgendetwas hat Skye an sich, das zu mir durchdringt. Sie erreicht mich emotional, und das ist nicht gut. Also doch, irgendwie schon, wenn da nicht die Tatsache wäre, dass sie einem anderen gehört.

# Kapitel Dreizehn

Josh wirkt deutlich entspannter, als er frisch gebadet und genau wie ich mit Jogginghosen und Hoodie bekleidet mit seiner Tasse in der Hand das Badezimmer verlässt. »Das hat gutgetan«, sagt er und streckt sich.

»Und was machen wir jetzt?«

»Keine Ahnung«, entgegnet er achselzuckend. »Wir betrinken uns?«, schlägt er vor.

»Gute Idee«, gebe ich zurück. Vielleicht bringt mich das auf andere Gedanken, denn eigentlich ist mir zum Heulen zumute.

Also verbringen wir unseren Abend mal wieder im Sessel und sehen ins Feuer, während wir immer im Wechsel an unserem Whisky nippen. Nach einer Weile steht Josh auf und geht rüber in die Küche. Ich kann hören, dass er hektisch eine Tablette aus dem Röhrchen schüttelt, wie das leise Klappern verrät. Er hat vorhin schon zwei genommen, so langsam mache ich mir Sorgen, sage jedoch nichts dazu.

Als er sich wieder setzt, fällt mir der dünne Schweißfilm auf, der seine Stirn überzieht. Dabei hat er sich gar nicht angestrengt. Es ist warm, aber nicht sonderlich heiß. Bei genauerem Hinsehen ist er auch ziemlich nervös. Unablässig dreht er das Whiskyglas zwischen seinen Fingern oder wippt mit dem Bein. Wenn ich es nicht besser wüsste, würde ich denken ...

»Okay, was ist es?«, frage ich ihn geradeheraus.

»Was?«, fragt er irritiert zurück.

»Du bist auf Entzug«, stelle ich nüchtern fest.

Er sieht mich empört an. »Wie kommst du darauf?«

»Du nimmst eine Tablette nach der anderen, zappelst rum und schwitzt«, zähle ich auf. »Also, was nimmst du? Oder vielmehr: Was fehlt dir?«

»Nichts«, blafft er mich an. »Das bildest du dir nur ein.«

»Verarschen kann ich mich alleine. Ich weiß, wie so was aussieht.« Und ich weiß nicht, warum es mir nicht schon eher aufgefallen ist. Vermutlich weil ich viel zu sehr mit meinen eigenen Problemen beschäftigt war, um es zu bemerken. Aber die Anzeichen sind eigentlich nicht zu übersehen.

»Woher willst du das wissen?«

»Meine Mutter war mal mit einem Junkie zusammen und der sah dir verblüffend ähnlich.«

»Ich bin doch kein Junkie«, fährt Josh auf.

»Doch«, gebe ich ungerührt zurück. »Denn offensichtlich hast du ohne das Zeug ein Problem. Also was nimmst du? Heroin mit Sicherheit nicht, dann wärst du nicht mehr so ruhig. Meth auch nicht, dann sähest du kaputter aus. Also was ist es? Koks? Speed? Ecstasy?«, schlage ich vor, aber Josh schüttelt den Kopf.

»Nichts davon«, sagt er. »Prozac«, fügt er unwillig hinzu.

Ich sehe ihn erstaunt an. »Psychopharmaka?«

Er nickt widerstrebend.

»Warum nimmst du die?«

»Weil ich ’nen Dachschaden habe, okay?« Er funkelt

mich wütend an. »Seit dem Unfall bin ich einfach nicht mehr ganz dicht.«

»Was genau ist an dem Abend passiert?«

»Nichts, ich …« Er bricht ab, und ich bin mir sicher, er sagt gleich, dass er nicht drüber reden will, aber zu meiner großen Überraschung tut er es doch.

Ich sammele mich einen Moment und hole tief Luft. »Wir hatten das Spiel gewonnen«, sage ich leise und die Erinnerung katapultiert mich zurück zu dem verhängnisvollen Abend. »Deshalb sind wir feiern gegangen, in einen Club. Es war eine wilde Party. Eigentlich hätte ich gar nicht mehr fahren dürfen, ich hatte viel zu viel getrunken.«

»Und trotzdem bist du ins Auto gestiegen?«

»Das war der größte Fehler meines Lebens«, sage ich und nicke bedächtig. Ja, das war es, definitiv. »Ich hatte es eilig, nach Hause zu kommen, weil Joanna dieses winzige Minikleid trug. Sie hat ihren Rock hochgeschoben, um mir zu zeigen, dass sie nichts drunter hatte. Und dass Joanna mir während der Fahrt einen geblasen hat, war auch nicht gerade hilfreich, was meine Konzentration betrifft.«

Skye sieht mich mit hochgezogenen Augenbrauen an, aber ich lasse mich nicht davon beirren. Wenn schon Seelenstriptease, dann auch richtig.

»Jedenfalls habe ich das andere Auto zu spät bemerkt. Ich erinnere mich sogar noch an den Aufprall«, sage ich leise, und plötzlich ist alles wieder da. Das laute Krachen, mit dem sich der Kuhfänger des Pick-ups in die Seite meines Sportwagens gerammt hat. Das kalte Kreischen von Metall auf Metall. Die Wucht, mit der mein Brustkorb zusammengequetscht wurde und mir die Luft aus den Lungen gedrückt hat. Die Angst zu ersticken und der

Geschmack von Blut in meinem Mund, weil die Türverkleidung gesplittert ist und sich ein Stück davon in meine Wange gebohrt hat. Joannas spitze Schreie und dann nichts mehr, weil der Schmerz so plötzlich und heftig war, dass ich das Bewusstsein verloren habe. Ich trinke einen Schluck Whisky, um die Erinnerungen wieder zu vertreiben.

»Drei Wochen später bin ich im Krankenhaus aufgewacht. Die Ärzte sagten, es habe mich ganz schön schwer erwischt, deshalb haben sie mich notoperiert und danach ins künstliche Koma gelegt, um meinem Körper die Zeit zu geben, die er zum Heilen brauchte. Aber ich war nicht heil, verstehst du?«, sage ich und Skye nickt. Doch wie könnte sie das verstehen? Niemand versteht es, dem es nicht selbst passiert ist. »Ich bin wach geworden und mein ganzes Leben war im Arsch. Wochenlang war ich auf fremde Hilfe angewiesen, ich konnte mir noch nicht mal alleine den Hintern abwischen. Meine ganze linke Seite war ja gebrochen«, setze ich meinen Bericht fort. Fast schon mit nüchterner Distanz, als spräche ich über das Schicksal eines anderen. »Die Verletzungen sind verheilt, und ich hatte echt Hoffnung, wieder Football spielen zu können. Und dann hat mir das Knie einen Strich durch die Rechnung gemacht. Alles, wofür ich gekämpft und auf das ich jahrelang hingearbeitet hatte, war weg, auf einen Schlag. Und das alles nur wegen eines bescheuerten Gelenks, das nicht mehr richtig funktioniert«, sage ich bitter. »Damit konnte ich einfach nicht umgehen. Ich bin in ein ganz tiefes Loch gefallen und damit konnte Joanna wiederum nicht umgehen. Sie hat es nicht mehr ausgehalten, verstehst du? Sie hat *mich* nicht mehr ausgehalten, weil ich nicht damit klargekommen bin. Komme ich bis heute nicht«, setze ich hinzu, trinke einen weiteren Schluck Whisky und blicke in die zuckenden Flammen des Feuers im Kamin. »Weil ich mich seitdem jeden einzelnen Tag frage, warum ich in mein Auto gestiegen bin. Deshalb nehme ich die Pillen. Damit ich nicht zu viel nachdenke und am Ende noch auf dumme Gedanken komme.« Ich sehe sie von der Seite an und ringe mir ein schiefes Lächeln ab. »Ist gesünder.«

»Tut mir leid«, sagt sie leise. »Das wusste ich nicht.«

»Woher auch?«, gebe ich achselzuckend zurück. »Es steht mir ja nicht auf die Stirn geschrieben und ich rede nicht so gern darüber. Außer meiner Therapeutin hab ich das noch nie jemandem erzählt.«

»Warum hast du es mir erzählt?«

»Weil du gefragt hast, weshalb ich auf Entzug bin«, komme ich auf das eigentliche Thema zurück. »Ich dachte, du solltest es wissen. Oder zumindest den Grund kennen, aus dem ich gerade ein bisschen schräg drauf bin.«

»Wolltest du deshalb mit runter ins Tal kommen?«

»Ja. Aber auch sonst hätte ich dich nicht alleine gehen lassen. Wir sind ja jetzt quasi ein Team.«

»Siehst du«, sagt sie. »Darum musst du das auch nicht allein durchstehen. Irgendwie schaffen wir das schon. Zusammen, als Team.«

»Okay«, sage ich und nicke. »Und wir finden einen Weg, damit du dein perfektes Weihnachtsfest bekommst.«

»Versprochen?«

»Ja, versprochen«, gebe ich feierlich zurück.

Sie nickt und wir trinken schweigend unseren Whisky.

Als ich nach einer Weile zu ihr rüber sehe, stelle ich fest, dass Skye eingeschlafen ist.

Auf Zehenspitzen schleiche ich zum Wandschrank, hole eine Wolldecke und decke sie sanft damit zu, damit sie heute Nacht nicht friert.

»Ich bin froh, dass du da bist«, flüstere ich, um sie nicht zu wecken. Aber ich meine es genau so und würde es ihr auch ins Gesicht sagen. Wenn sie nicht hier wäre, würde ich vermutlich total durchdrehen. »Gute Nacht, Cooper.«

# Kapitel Vierzehn

Ich öffne die Augen und sehe mich irritiert im Wohnzimmer um. Anscheinend hat Josh mich zugedeckt, nachdem ich eingeschlafen war. Zumindest kann ich mich nicht daran erinnern, gestern eine Wolldecke gehabt zu haben. Trotzdem ist mir kalt, vom Feuer im Kamin ist nur ein Häuflein Asche übrig.

Stöhnend stehe ich auf, hebe die Arme und strecke mich Richtung Decke. Mein Rücken ist nach der Nacht im Sessel verspannt. Genau genommen tut mein ganzer Körper weh. Auf tauben Beinen tappe ich ins Bad, bevor ich den Hund rauslasse. Verdammt! Letzte Nacht muss es wieder geschneit haben, Snowflake versinkt beinah in der ehemals freigeschaufelten Spur und verschwindet Richtung Schuppen, während ich bibbernd meinen Blick zum Himmel richte. Wenn es da oben so was wie einen Wettergott gibt, dann hat er was gegen mich. Und er hasst Weihnachten, so viel steht fest. Fröstelnd schlinge ich die Arme um meinen Oberkörper und trippele von einem Fuß auf den anderen, bis der Hund endlich von seinem Geschäft zurück ist.

»Los, rein mit dir.«

Ich scheuche ihn ins Haus und schließe schnell die Tür,

um den Rest Wärme drin zu halten. Dann kümmere ich mich um das Feuer. So langsam bekomme ich immerhin eine gewisse Routine im Eingeschneit-Sein.

Joshs Telefon liegt auf dem Tresen. Er hat mir angeboten, es zu benutzen, also nehme ich es in die Hand, um Aaron anzurufen. Doch es lässt sich nicht einschalten, nur mit Joshs Fingerabdruck, wie es scheint. Kurz überlege ich ihn zu wecken, verwerfe den Gedanken aber wieder. Vermutlich steht er sowieso gleich auf, bisher hat er nie lange geschlafen, und wenn ich richtigliege, treibt ihn spätestens der Tablettenentzug aus dem Bett.

Ich hatte recht, stelle ich fest, als er eine halbe Stunde später den Wohnraum betritt. Sein Gesicht sieht zerknittert aus, als hätte er auch im Sessel geschlafen.

»Darf ich mal dein Telefon haben?«

»Klar.« Seine Hand zittert, als er es mir reicht, und er hat gesehen, dass ich es bemerkt habe. Schnell zieht er sie zurück und senkt schuldbewusst den Blick. »Wen willst du denn anrufen?«, wechselt er das Thema.

»Wen wohl? Aaron natürlich.«

Ich muss wohl auf die Fotogalerie gekommen sein, als ich das Handy angenommen habe. Zumindest leuchtet mir das letzte Bild entgegen, das Josh aufgenommen hat. Es zeigt mich von hinten. Sieht ziemlich heroisch aus, wie ich mich durch die Schneemassen kämpfe. Spontan tippe ich auf *Senden*, leite es an WhatsApp weiter und schreibe eine kurze Nachricht an Aaron.

*Immerhin haben wir gestern versucht, ins Tal zu kommen. Vielleicht klappt es ja heute irgendwie. Ich gebe unser gemeinsames Weihnachten nicht auf! Kuss, Skye (von Joshs Handy, mein Akku ist leer)*, füge ich hinzu und schicke es ab.

Nur ein paar Sekunden später klingelt bereits das Telefon in meiner Hand.

»Bist du verrückt geworden?«, schallt mir Aarons Stimme entgegen.

»Wir mussten es einfach probieren, hat nur leider nicht geklappt.«

»Bleibt bloß, wo ihr seid!«, stößt er hervor.

»Ich wäre aber lieber bei dir.«

»Ich will nicht, dass du dich in Gefahr bringst.«

»Deshalb sind wir ja auch wieder umgekehrt«, gestehe ich kleinlaut. »Aber vielleicht kommt Nick ja heute mit dem Schneemobil durch und ...«

»Nein!«, unterbricht Aaron mich heftig. »Versprich mir, keine Dummheiten zu machen«, fordert er nachdrücklich. »Das ist es einfach nicht wert.«

»Aber das wäre nicht gefährlich«, widerspreche ich. »Dann könnte ich mir Ryans oder Moms Auto leihen und ...«

»Skye, hör zu.« Aaron holt tief Luft. »Eigentlich wollte ich es dir persönlich sagen statt am Telefon.«

»Was sagen?«, frage ich. Das klingt irgendwie nicht nach dem, womit ich gerechnet habe.

»Ich ... Wir haben uns irgendwie auseinandergelebt, findest du nicht?«, antwortet er mit einer Gegenfrage.

»Du bist doch derjenige, der nie Zeit hat«, halte ich ihm entgegen. »Wir sehen uns ja kaum und haben uns noch nicht mal richtig zusammengelebt. So rum wird ein Schuh daraus.«

»Trotzdem ist unsere Beziehung dabei auf der Strecke geblieben und ...«

»Was redest du denn da?«

»Ich denke, es ist besser, wenn wir uns eine Weile nicht sehen.«

»Machst du mit mir Schluss?«, keuche ich entsetzt, weil mir erst nach und nach aufgeht, was gerade passiert.

»Tut mir leid«, sagt Aaron leise und legt auf.

Die Stille dröhnt in meinem Ohr, während die Information in mein Bewusstsein sickert. Es ist vorbei. Statt eines Antrags bekomme ich zu Weihnachten ... nichts außer einem gebrochenen Herzen. Meine Brust wird eng, ich kann kaum atmen, schnappe verzweifelt nach Luft und breche in Tränen aus.

Während Skye mit ihrem Aaron telefoniert, verschwinde ich im Bad, um mir unauffällig zwei Schmerztabletten einzuwerfen. Selbst die sollte ich langsam rationieren, wie mir ein Blick in das Fläschchen verrät. Alles in mir schreit nach einer Prozac, jede einzelne Zelle meines Hirns. Es fühlt sich wund an und rissig, wie ausgedorrter Boden, der nach Regen giert. Doch was mir am meisten Angst macht, ist das, was darunter liegt. Die Dunkelheit, ich spüre sie. Sie sickert durch die Risse und streckt ihre Klauen nach mir aus, um mich zu sich hinabzuziehen. Ich betrachte mich im Spiegel, sehe genauso scheiße aus, wie ich mich fühle, und werfe mir ein paar Hände kaltes Wasser ins Gesicht, um wieder klarzukommen.

Als ich ins Wohnzimmer zurückkehre, merke ich sofort, dass irgendwas nicht stimmt. Wie in Trance lässt Skye das Handy sinken und legt es auf den Tresen. Ein gequältes Schluchzen löst sich aus ihrer Brust.

»Was ist passiert?«, frage ich.

»Aaron hat mit mir Schluss gemacht«, bringt sie mit zittriger Stimme hervor und bricht in Tränen aus.

Mit zwei Schritten bin ich bei ihr, ziehe sie in meinen Arm und halte sie einfach nur fest.

»Sschh«, mache ich und streiche beruhigend über ihren Rücken, aber Skye beruhigt sich nicht.

Sie ist vollkommen aufgelöst und weint an meiner Brust, bis mein T-Shirt an der Stelle durchnässt ist. Nachdem das Schluchzen nachgelassen hat, reiche ich ihr ein Stück Küchenrolle, weil gerade nichts anderes zur Hand ist, und sie trötet geräuschvoll hinein.

»Besser?«, frage ich vorsichtig.

Sie schüttelt den Kopf. »Nein«, sagt sie, geht rüber zum Sessel und lässt sich hineinsinken.

»Warum hat er sich denn von dir getrennt?«

»Ich weiß es nicht.« Sie zuckt mit den Schultern.

»Was hat er denn gesagt?«

»Dass es besser sei, wenn wir uns eine Weile nicht sehen.«

Oh, das ist nicht gut. »Na bitte, also ist nicht alles verloren«, beeile ich mich zu sagen.

Skye sieht auf und schenkt mir einen hoffnungsvollen Blick. »Meinst du?«

»Na klar«, sage ich, obwohl jeder weiß, was es bedeutet, wenn ein Mann sagt, er brauche ein wenig Abstand. Der Bastard ist nur zu feige, es komplett durchzuziehen, und hält sie hin. Trotzdem bemühe ich mich um ein zuversichtliches Lächeln. »Das renkt sich schon wieder ein. Gib ihm ein paar Tage.«

Sie nickt zögerlich und schluckt. In ihren Augen schimmern neue Tränen. Mit dem zerknüllten Küchenpapier tupft sie sie weg und dann sitzt sie da, starrt die Wand an und weint stumm vor sich hin. Es bricht mir das Herz, sie so zu sehen. Ich würde sie gern trösten, aber es gibt nichts, das ich sagen kann, um wiedergutzumachen, was der Penner angerichtet hat. Das ist echt nicht fair, das hat sie nicht verdient.

Wenn ich nur etwas tun könnte, um sie wieder aufzumuntern, aber was? Ich denke einen Moment drüber nach, dann kommt mir eine Idee.

»Wohin willst du?«, fragt Skye, als ich meine Jacke nehme.

»Überraschung«, sage ich und zwinkere ihr zu. Ich gehe rüber zum Schuppen, schnappe mir Schneeschaufel und Motorsäge, dann folge ich unserer ausgetretenen Spur von gestern Richtung Wald. Diesmal bin ich bedeutend schneller an der Stelle, an der ich das obere Ende der Hemlocktanne vermute. Mit der Schaufel befreie ich es vom Schnee, starte die Motorsäge und säge die Spitze der Tanne ab. Dann ist der Baum wenigstens nicht umsonst gestorben, sondern dient noch einem guten Zweck. Und wenn es nur dafür ist, eine Frau aufzuheitern, die um ihren Beinaheverlobten weint.

Es gelingt mir tatsächlich, sie aus ihrem Trübsal zu reißen. Als ich das Ding ins Haus zerre, blickt sie auf.

»Oh, ein Weihnachtsbaum!«

»Ich dachte mir, ohne fehlt was«, gebe ich zurück. »Schließlich ist das so Tradition. Es gibt sogar Baumschmuck«, setze ich hinzu und gehe noch mal in den Schuppen, um den Karton zu holen, den ich neulich beim Aufräumen entdeckt habe. »Muss den Leuten gehört haben, die hier vor meinem Dad gewohnt haben«, sage ich und öffne ihn.

In seinem Innern verbirgt sich ein buntes Sammelsurium an Dekoteilen. Kein zusammenhängendes Set, sondern einzelne Dinge, wie sie sich im Laufe der Jahre ansammeln. Vielleicht hat sie auch jemand aussortiert und absichtlich hiergelassen. Es ist nur billiges Zeug, Ramsch. Drei Schneeflocken aus Plastik, zwei buntschillernde Blüten eines Weihnachtssterns, die absolut künstlich wirken, und ein pinkfarbenes Glitzerherz. Trotzdem erfüllen sie ihren Zweck und es gelingt mir damit, Skye für eine Weile abzulenken. Na bitte.

Ganz unten in der Kiste liegt eine rote Schachtel. In ihrem Innern entdecke ich einen Mistelzweig aus Plastik. Er ist ein wenig verblichen, aber was soll's.

Ich strecke mich zum Haken, der im Durchgang zwischen Wohnbereich und Küche vermutlich genau zu dem Zweck in die Decke geschraubt wurde, um den Zweig daran aufzuhängen.

»Du weißt, was ein Mistelzweig bedeutet?«, fragt Skye vorsichtig.

Natürlich weiß ich, was sie meint. Sie spielt darauf an, dass man sich küssen muss, wenn sich ein Mann und eine Frau darunter begegnen.

»Keine Sorge, es ist nur ein Scherz, okay? Wir brauchen ihn ja nicht ernst zu nehmen, beachte ihn gar nicht. Er gehört bloß zu einer richtigen Weihnachtsdeko dazu, findest du nicht?«

»Klar, sicher.« Sie nickt zögerlich und legt den Kopf schief. »Warum tust du das?«

»Was?«

»Na das alles hier«, sagt sie mit einer ausladenden, durch den ganzen Raum weisenden Geste.

»Ich habe dir dein Weihnachtsfest versprochen und du sollst es bekommen. Auch wenn es vielleicht nicht ganz so perfekt ist, wie du es dir vielleicht vorgestellt hattest.«

Sie sieht mich mit einem seltsamen Blick an, dann macht sie zwei schnelle Schritte auf mich zu. Während ich noch überlege, sie auf den Mistelzweig über unseren Köpfen hinzuweisen, wirft sie sich mir an den Hals und ... küsst mich.

Stürmisch und wild presst sie ihre Lippen auf meine. Ich schmecke die Verzweiflung, die darin liegt, und weiß, dass sie gerade nicht mich, sondern ihn küsst, aber … scheiß drauf!

Josh erwidert den Kuss und die warme Welle aus Dankbarkeit, die mich dazu getrieben hat, schlägt um. Seine Zunge schlüpft in meinen Mund und ein heißes Kribbeln rinnt durch meinen Körper. Die Flut der Gefühle, die in meinem Innern toben – Enttäuschung, Verwirrung, Angst –, droht mich fortzureißen. Ich klammere mich an ihn wie eine Ertrinkende. Auf der Suche nach Halt verschränke ich meine Hände in seinem Nacken, grabe die Finger in sein volles Haar. Meine Knie fühlen sich plötzlich an wie Gummi, aber Josh hält mich fest in seinen Armen. Er küsst mich, als ob es das Einzige wäre, das zählt. Als gäbe es auf diesem Planeten nur uns, keine Joanna und keinen Aaron …

Aaron! Der Gedanke an ihn bringt mich schlagartig zur Vernunft. Was mache ich hier eigentlich?

Ich löse mich von ihm. »Das sollten wir nicht tun«, stoße ich atemlos hervor. »Tut mir leid, das war … Ich war einfach nur überwältigt«, stammele ich. »Von all den Emotionen. Das war heute alles ein bisschen zu viel für mich, schätze ich.«

»Schon okay«, sagt Josh, und diesmal ist er es, der vor mir zurückweicht. »Es war ja bloß ein Kuss. Nur aus Tradition«, fügt er mit Blick zum Mistelzweig hinzu. »Das hatte nichts zu bedeuten.«

»Natürlich nicht«, versichere ich schnell, obwohl mein Herz was anderes sagt. Es klopft wie verrückt und in meinem Bauch tobt eine wild gewordene Horde Schmetterlinge.

Wow, das war ... unerwartet. Ich schüttele den Kopf, um die Erinnerung zu vertreiben, wie sich Skyes Lippen auf meinen angefühlt haben. Weich und sanft, aber der Kuss war heiß und wild. So viel Leidenschaft hatte ich ihr gar nicht zugetraut, auch wenn ich weiß, dass sie eigentlich einem anderen galt.

Gut, dann wäre das wohl auch geklärt. Immerhin erspart es uns den Eiertanz um diesen albernen Mistelzweig. Apropos Eier, gutes Stichwort ...

»Zu einem richtigen Vorweihnachtsabend fehlt bloß noch eines«, sage ich und begebe mich zurück auf sicheres Terrain.

»Und das wäre?«

»Eggnogg«, antworte ich im Brustton der Überzeugung und mache mich auf die Suche nach einem Tetrapack Rührei. Während ich einen vom obersten Boden des Vorratsregals angele, versuche ich den Kuss zu vergessen, doch es gelingt mir nicht.

Josh gibt sich wirklich Mühe, darüber hinwegzugehen. Deshalb reiße ich mich ebenfalls zusammen und lasse mir nicht anmerken, wie sehr der Kuss mich aufgewühlt hat. Stattdessen konzentriere ich mich wieder auf das Wesentliche.

»Ich verstehe einfach nicht, wieso Aaron Schluss gemacht hat«, komme ich zum entscheidenden Punkt zurück.

»Dann frag ihn, bevor du dir die ganze Zeit den Kopf darüber zerbrichst«, sagt Josh und streckt mir sein Telefon entgegen.

Ich drücke auf Wahlwiederholung. Es klingelt und ich

warte ungeduldig darauf, dass Aaron rangeht. Endlich hebt er ab.

»Aaron, ich ...«, stoße ich hervor.

»Hi, dies ist die Mailbox von Aaron Sanders«, erklingt seine Stimme an meinem Ohr. »Ich kann Ihren Anruf gerade nicht entgegennehmen.« Oder er will nicht.

»Ich bin's«, murmele ich leise und räuspere mich. »Ruf mich bitte mal unter der Nummer zurück, ich ... Ich würde es gerne verstehen.« Dann lege ich auf, kämpfe gegen die Enge in meiner Brust, die mich schon wieder zu ersticken droht.

Josh klappert derweil in der Küche mit Schüsseln und Töpfen. Das flüssige Ei mixt er mit einer halben Packung Zucker und gießt eine halbe Flasche braunen Rum hinein.

»Was soll der Geiz?«, fragt er, zuckt mit den Schultern und schüttet großzügig die andere Hälfte auch noch hinzu. Dann schlägt er das Ganze auf kleiner Flamme zu einer cremigen Masse, nimmt eine Schöpfkelle und befüllt zwei Kaffeebecher.

»Hier«, sagt er und streckt mir einen davon entgegen. »Trink das.«

Ich komme der Aufforderung nach und nippe daran.

»Nicht schlecht«, gebe ich zu. »Erstaunlich. Wozu eine Packung Rührei nicht alles gut ist.« Er hat daraus tatsächlich einen passablen Eierpunsch gezaubert.

»Meine Tante Beth hat immer gesagt, Eggnogg hilft gegen alles.«

Fast bin ich geneigt, ihm zu glauben, denn nach zwei weiteren Schlucken fühle ich mich tatsächlich ein bisschen besser.

Trotzdem, es will nicht in meinen Kopf. »Ich verstehe einfach nicht, wieso«, sage ich nach einer Weile. »Alles war perfekt, und dann ...«

»… war doch nicht alles so perfekt, wie du geglaubt hast?«, vollendet Josh meinen Satz.

»Offensichtlich nicht«, stelle ich ernüchtert fest, obwohl mir der Punsch langsam zu Kopf steigt. »Aber ich hab doch immer getan, was er wollte, hab mein ganzes Leben auf ihn ausgerichtet.«

»Vielleicht war das ja der Fehler«, bemerkt Josh achselzuckend. »Eine Frau, die einem immer nach der Pfeife tanzt, ist nicht gerade sexy.«

»Schönen Dank auch.«

»So war das nicht gemeint«, versichert er eilig. »Ich wollte bloß sagen, dass eine Frau durch ein wenig Eigensinn attraktiver wird, also charakterlich.«

»Wow, gleich noch mal, danke.«

»Komm schon, du weißt, was ich meine«, sagt er. »Noch Punsch?«, setzt er mit Blick auf meine leere Tasse hinzu.

»Ja«, sage ich und folge ihm in die Küche. »Das Zeug erfüllt zumindest einen doppelten Zweck, es macht nämlich nicht nur betrunken, sondern auch satt.«

»Hast du Hunger?«

»Nein«, wehre ich ab. »Mir ist eh nicht nach Essen zumute, da kann ich mich auch betrinken.« Snowball muss sich dann halt wieder mal mit einer Scheibe Toastbrot begnügen. Was soll's?

Ich fülle unsere Becher erneut, während Skye an der Kochinsel lehnt und mir zusieht.

»Vielleicht hast du recht«, sagt sie leise. »Vielleicht war ja doch nicht alles so perfekt, wie ich dachte.«

»Klingt so«, sage ich und strecke ihr ihren Punsch hin.

Sie nimmt ihn und setzt sich auf einen der Barhocker.

»Wie meinst du das?«

»Na, du hast gesagt, in … Wie viele Jahre wart ihr zusammen?«, hake ich nach.

»Zweieinhalb.«

»In der ganzen Zeit habt ihr noch nie gemeinsam Weihnachten gefeiert. Andere Feiertage?«

Sie schüttelt den Kopf. »Nein.«

»Das ist schon ein bisschen seltsam, oder?«

»Er war halt immer bei seinen Eltern«, gibt sie zurück.

»Die du noch nicht mal kennst, richtig?«

»Na und?« Ihre Augen blitzen auf. »Das war ja auch nicht so wichtig, weil …«

»Weil was?«

»Er kennt meine Familie auch nicht.«

»Wieso? Ich dachte, du hast so viele Geschwister?«

»Weil ich mich dafür schäme, okay?«, fährt sie mich an.

»Aber warum?«, frage ich zurück. So langsam verstehe ich gar nichts mehr. »Ich meine, ich hab ja bisher nur zwei von ihnen getroffen, aber die waren doch ganz nett.«

»Ganz nett!« Sie lacht auf.

»Ja, ich finde, schon.«

»Das verstehst du nicht«, sagt Skye und seufzt.

»Dann erklär es mir.«

Sie öffnet den Mund, als ob sie etwas sagen will, und schließt ihn wieder, während ich gespannt auf eine Erklärung für dieses absolut bescheuerte Verhalten warte. Wer führt denn so eine Beziehung?

Okay, wie sag ich das jetzt? Unbehaglich rutsche ich auf dem Hocker hin und her.

»Los, komm schon, Cooper, spuck's aus«, sagt Josh. »Was ist so schlimm daran?«

»Das am Freitag im Baumarkt ...«, beginne ich vorsichtig.

»Deine Schwester?«, hilft Josh mir auf die Sprünge und nickt mir aufmunternd zu.

»Sie ist nicht meine Schwester.«

»Sondern?«, fragt Josh, trinkt einen Schluck von seinem Punsch und blickt mich über den Rand seiner Tasse hinweg an.

»Meine Mom.«

Er verschluckt sich so heftig, dass ihm der Eggnogg aus der Nase schießt. Kleine, cremegelbe Tröpfchen sprenkeln das dunkle Holz des Tresens. Immer noch hustend wischt er sie mit dem Ärmel seines Pullovers weg, während er sichtlich um Fassung ringt.

»Siehst du, ich sag doch, du wirst es nicht verstehen.«

»Na und? Nur weil deine Mutter eine ...«

»Sag das Wort ja nicht«, unterbreche ich ihn und strecke ihm drohend den Zeigefinger unter die Nase.

Josh bemüht sich um eine neutrale Miene. »Welches Wort?«, fragt er unschuldig zurück, aber ich weiß genau, dass er es gedacht hat.

Shit! Ich hätte tatsächlich fast MILF gesagt.

»Nur weil sie jung aussieht«, kriege ich gerade noch mal die Kurve, »musst du dich doch nicht schämen. Ich wünschte, ich hätte so 'ne coole Mutter«, füge ich hinzu.

»Mit Sicherheit nicht.«

»Meine Ma ist voll spießig«, gebe ich zu bedenken. »Allein wie sie mich nach dem Unfall betüddelt hat, als wäre ich ein Kleinkind. Die totale Glucke.«

»Meine Mom ist Stripperin«, bemerkt Skye trocken,

und ich bin froh, dass ich diesmal nichts im Mund habe, sonst würde ich vermutlich wieder Eggnogg husten.

»Stripperin?«, vergewissere ich mich. Vielleicht habe ich mich ja bloß verhört.

»Ja, genau. Das heißt, das war sie mal. Heutzutage arbeitet sie zum Glück nur noch hinter der Bar. Was meine Mom betrifft, ist das ein echter Fortschritt.«

»Okay«, gebe ich zu. »Damit habe ich nun wirklich nicht gerechnet.«

»Verstehst du jetzt, warum ich nicht wollte, dass Aaron von ihr erfährt?« Skye sieht mich an. »Ich meine, er kommt aus einem konservativen Elternhaus, hat einen guten Abschluss und eine glänzende Karriere vor sich. Jemand wie ich und meine kaputte Familie passen doch gar nicht in seine heile Welt.«

»Deshalb hast du versucht, sie vor ihm zu verstecken?«

»Was hättest du denn getan?«, fragt sie zurück.

»Ich weiß nicht. Wie lange wolltest du das durchziehen?«

»Keine Ahnung«, sagt Skye achselzuckend. »Auf jeden Fall bis nach der Hochzeit.«

»Du würdest ihn heiraten und ihm nichts davon sagen?« Ich sehe sie fassungslos an. »Das kann nicht dein Ernst sein.«

»Doch. Aber dafür hätte er mir ja erstmal einen Antrag machen müssen«, schiebt sie trotzig nach. »Also hat sich das Thema ja jetzt sowieso erledigt.«

»Ehrlich, Cooper, du spinnst!«, sagt Josh aufgebracht. Aha, wir sind also mal wieder bei dem Nachnamen-Ding. Gut.

Ich wusste, er würde es nicht verstehen. Aber was hätte ich denn machen sollen?

»Hast du irgendeine Ahnung, wie es sich anfühlt, wenn deine Mom in einem Stripclub arbeitet?«

»Nein, habe ich nicht«, entgegnet er.

»Als ich klein war, hab ich nicht verstanden, warum sie nachts immer arbeiten geht«, sage ich seufzend, während ich mich an all die Nächte erinnere, in denen Ryan und ich Angst hatten, dass sie vielleicht irgendwann nicht mehr nach Hause kommt.

»Was war mit deinem Dad?«

»Ach, der«, gebe ich zurück und kann mir ein Schnauben nicht verkneifen. »Der hat sich doch nie für uns interessiert. Ich kann mich noch nicht einmal an ihn erinnern. Er hat Mom verlassen, als ich noch ein Baby war und Ryan gerade drei.«

»Wie meiner«, sagt Josh. »Bis vor ein paar Wochen wusste ich nicht mal, wo er wohnt. Erst durch den Brief vom Nachlassgericht in Maryville habe ich es erfahren.«

»Keine Ahnung, wo mein Erzeuger steckt oder ob er überhaupt noch lebt. Er war einfach weg, vom einen auf den anderen Tag, sagt Mom. Deshalb hat sie ja angefangen zu strippen.«

»War sicherlich keine leichte Entscheidung.«

»Sie meinte immer, sie könne nichts anderes außer zu tanzen und mit dem Hintern zu wackeln, und es sei leicht verdientes Geld. So gesehen ging es uns auch nicht schlecht«, setze ich den Bericht über meine miserable Kindheit fort. »Zumindest solange Mom nicht wieder irgendeinen Typen angeschleppt hat, der ihr auf der Tasche lag.«

»Der Junkie?«, mutmaßt Josh.

»Auch«, sage ich. »Was Männer betrifft, hatte sie nie ein glückliches Händchen.« Ich ringe mir ein schiefes Lächeln ab und lasse es dabei bewenden. »Jedenfalls habe ich mir geschworen, nie so zu werden wie sie und nie einen Loser zu heiraten.«

»War es deshalb so wichtig, dass mit Aaron alles perfekt ist?«, fragt Josh und trifft den Nagel auf den Kopf.

»Genau«, gebe ich zu. »Aber wie es aussieht, habe ich wohl auch meinen Teil dazu beigetragen, dass es das nicht war.«

»Du hättest es ihm einfach sagen sollen.«

»Ja, vielleicht«, sage ich leise. Wer weiß, vielleicht hätte Aaron es ja wirklich so locker genommen wie Josh.

Den Rest des Abends verbringen wir in grüblerischer Stimmung. Dabei vermeiden wir krampfhaft, uns körperlich nahezukommen, und blenden den Kuss einfach aus. Ich habe mich von meinen Gefühlen hinreißen lassen und bin froh darüber, dass Josh ihn nicht weiter thematisiert. Als wir schließlich, reichlich angetrunken vom Eierpunsch, ins Bett gehen, schichte ich sicherheitshalber ein paar Kissen zwischen uns auf.

»Neutrale Zone«, lasse ich ihn wissen und lege mich an den äußersten Rand der Matratze, um den größtmöglichen Abstand zu ihm zu wahren.

# Kapitel Fünfzehn

Als ich wach werde, stelle ich fest, dass Skyes »Sicherheitszone« nicht funktioniert hat. Ganz im Gegenteil, diesmal ist es sogar noch viel schlimmer. Die Kissen müssen wir wohl im Schlaf zur Seite geschoben haben. Ich liege in Löffelchenstellung hinter ihr und halte sie im Arm. Meine linke Hand ruht auf ihrer rechten Brust. Fühlt sich gut an. Egal wie sehr wir uns bemühen, uns tagsüber aus dem Weg zu gehen. Nachts finden unsere Körper von allein zueinander, als würden sie von unserem Unterbewusstsein gesteuert, das uns irgendwas mitteilen möchte.

Doch auch heute ist die Beule in meiner Unterhose nicht ihrer physischen Attraktivität geschuldet.

»Aaron«, murmelt sie im Halbschlaf, schmiegt sich enger an mich. »O Aaron!« Sie klingt erstaunt und reibt ihren Hintern an meinem Schritt.

Ich rücke ein Stück von ihr ab und sie dreht den Kopf, sieht mich über die Schulter hinweg an.

»Guten Morgen, ähm, ich meinte *Merry Christmas*.«

»Frohe Weihnachten?«, fragt sie entgeistert. »Was zum ...?«

»Es ist nicht so, wie du denkst«, beeile ich mich zu sagen und springe auf.

»Nicht?« Ihr Blick gleitet an mir herab und bleibt an meinen Boxershorts hängen.

»Gut, zugegeben, das sieht jetzt wirklich ein bisschen blöd aus, aber ich muss mal«, verteidige ich mich und flüchte ins Bad.

Eine Wasserlatte ist etwas vollkommen Natürliches, daran ist nichts peinlich, rede ich mir ein. So was passiert, und es hat nichts zu bedeuten. Genauso wenig wie der Kuss gestern, auch wenn er mich nicht komplett kaltgelassen hat.

Ich hätte wissen müssen, dass es nicht Aaron war, als ich mich an Josh geschmiegt habe.

*Du hast dich nicht* geschmiegt, stellt eine leise Stimme in meinem Hinterkopf klar, *sondern deinen Hintern an ihm gerieben wie eine läufige Hündin.*

Aber ich war noch nicht ganz wach, rechtfertige ich mich vor mir selbst.

*Es hat dir gefallen.* Nein, hat es nicht! Also schön, irgendwie schon ein bisschen, aber doch nur, weil ... ich von Aaron geträumt habe. In meinem Traum war alles wieder gut, aber vielleicht wird es das nie wieder.

*Siehst du,* sagt seine Stimme in meinem Hirn. *Das ist der Beweis, wir haben uns auseinandergelebt.*

Ich schüttele energisch den Kopf, um sie daraus zu vertreiben.

»Unsinn«, widerspreche ich ihr. Was auch immer zwischen Josh und mir ist, es hat nichts zu bedeuten. Diese Dinge passieren doch nur, weil ich Aaron so sehr vermisse.

»Was willst du zum Frühstück?«, begrüßt mich Josh, als ich in die Küche komme.

»Mein Job«, sage ich und will ihn mit einer Handbewegung vom Herd verscheuchen. »Kümmere du dich derweil lieber um den Generator und den Boiler.«

»Schon erledigt, Snowball war auch mit«, gibt er zurück. »Also, was möchtest du essen? Pancakes?«

Er nimmt die Packung Pancake-Mix von der Arbeitsplatte, hält sie neben sein Gesicht und lächelt mit Aunt Jemima, deren Bild auf die Vorderseite gedruckt ist, um die Wette. Kommt fast hin, wobei seine Version eine ziemlich bärtige Aunt Jemima darstellt. Ich verkneife mir ein Grinsen.

»Kann ich irgendwie helfen?«

»Nein, ich hab alles im Griff. Setz dich einfach, und ich kümmere mich um den Rest.«

»Okay«, sage ich, nehme mir einen Becher Kaffee und setze mich auf einen Barhocker. Josh rührt derweil den Teig und stellt zwei Pfannen auf den Herd. In die eine legt er einige Scheiben Bacon, während er in der anderen die Pancakes backt. Im Handumdrehen ist die erste Portion fertig. Er schichtet sie zu einem Stapel, gießt Ahornsirup darüber und serviert mir den Teller mit einer angedeuteten Verbeugung.

»So, bitte«, sagt er, während er mit der anderen Hand schon den Speck wendet. Als er von beiden Seiten braun ist, nimmt er ihn heraus und legt ihn zum Abtropfen auf ein Küchenpapier, damit er knusprig bleibt. Dann gießt er eine Packung Rührei in die Pfanne, um es im Baconfett zu braten.

»Du könntest glatt im Diner anfangen«, stelle ich fest.

»Vielleicht brauchen sie ja mal eine Aushilfe«, entgegnet er scherzhaft.

»Jetzt im Ernst, was machst du eigentlich beruflich?«

Sein Mund zieht sich zu einem schmalen Strich. »Nichts.«

»Und womit verdienst du deinen Lebensunterhalt?«

»Mit der monatlichen Rente, die ich von der Unfallversicherung bekomme.«

»Oh«, murmele ich und steche meine Gabel in den Berg Pfannkuchen.

Snowball tänzelt derweil aufgeregt um Joshs Beine. »Du bekommst auch gleich was von dem Ei, Kumpel.«

»Ich schätze, er hat es eher auf den Speck abgesehen«, bemerke ich zwinkernd.

»Okay, weil Weihnachten ist«, sagt Josh und lässt ganz zufällig eine halbe Scheibe Bacon fallen. Sie ist verschwunden, bevor sie den Küchenboden berührt. Snowball schnappt sie aus der Luft und verschlingt sie schneller, als ich gucken kann. Er setzt sich vor Josh und schaut erwartungsvoll zu ihm auf. Sieh an, auf einmal kann dieser Hund sogar Sitz. Wobei er so hektisch wedelt, dass sein kleiner Hintern beinah abhebt.

»Mehr gibt's nicht und deins muss erst kalt werden«, sagt Josh und schaufelt sich einen Teller voll Rührei.

Komplettiert wird unser Frühstück durch Toast, Joghurt und Orangensaft.

»Das war fast wie im Hotel«, sage ich anerkennend, nachdem ich mich durch meinen Anteil gearbeitet habe.

»Ach was«, sagt er und winkt ab. »Aber das Beste, das man unter den Umständen daraus machen konnte, schätze ich. Noch Ei?«

»Nein, danke, ich platze gleich.«

»Gut, dann kriegt er den Rest«, sagt Josh und endlich kommt auch Snowball zu seiner heißersehnten Mahlzeit.

Gegen elf klingelt mein Handy. Meine Mutter ist dran, wie mir ihre Nummer auf dem Display verrät.

»Hi, Ma«, begrüße ich sie, als ich abhebe.

»Frohe Weihnachten«, sagt sie und in ihrer Stimme schwingt ein Hauch von Wehmut.

»Das wünsche ich euch auch«, antworte ich schnell.

»Geht es dir gut?«

»Ja, alles bestens.«

»Hast du genug zu essen?«

Das ist typisch Ma. Sie glaubt schon unter normalen Umständen, ich würde verhungern. »Mach dir um mich keine Sorgen«, entgegne ich lachend. »Es geht mir gut.«

»Trotzdem, mir ist nicht wohl bei dem Gedanken, dass du da ganz allein ...«

»Ich bin nicht allein«, unterbreche ich sie.

»Nicht?«, fragt meine Mutter irritiert. »Mit wem ...?«

»Skye«, sage ich. Bei der Erwähnung ihres Namens blickt sie auf und schaut zu mir rüber.

»O Josh!« Ma klingt plötzlich ganz gerührt. »Du hast jemanden kennengelernt? Warum erzählst du denn nichts?«

»Sie ist *eine* Freundin, nicht *meine* Freundin«, stelle ich klar.

»Ist sie nett?«

»Ja.«

»Und hübsch?«

»Auch.«

»Na, vielleicht wird sie es dann ja noch.«

»Was?«

»Deine Freundin.«

»Ma!« Ich verdrehe die Augen und schenke Skye ein entschuldigendes Lächeln. Dabei hat sie gar nicht gehört, was meine Mutter gesagt hat, aber sie kann es sich wohl denken, wie mir ihr schiefes Grinsen verrät.

»Mütter«, formt sie mit den Lippen und zuckt mit den Schultern, und ich nicke zustimmend.

»Was macht Harold?«, wechsele ich geschickt das Thema.

»Ach, du kennst ihn ja«, sagt Ma. »Er hat sofort eine Nachbarschaftshilfe organisiert, um nach dem Blizzard alle Anwohner in der Straße zu versorgen. Wir sind hier quasi die Einsatzzentrale, seitdem steht unser Telefon nicht mehr still, dabei sind die Straßen schon lange wieder frei. Wir haben ja auch gar nicht so viel Schnee wie ihr da oben«, plappert Ma aufgeregt weiter. »Aber wenn es hier schon mal so schneit, ist das gleich eine echte Katastrophe und du weißt ja, wie er ist.«

Ja, weiß ich. Der Aktionismus und der dauerhafte Tatendrang meines Stiefvaters waren zwei der Gründe, die mich nach Heavenfield getrieben haben. Sie standen beide in direktem Gegensatz zu meinem Gemütszustand und ich konnte es nicht mehr ertragen. Er hat mir vorgeworfen, lethargisch zu sein. Ganz unrecht hatte er ja nicht, aber trotzdem.

»Dann will ich nicht länger stören«, sagt Mom. In ihrer Stimme schwingt ein Lächeln.

»Grüß Harold«, sage ich deshalb und lege schnell auf. »So, Weihnachtsanruf von meiner Familie wäre erledigt«, sage ich und strecke Skye mein Handy hin. »Willst du auch telefonieren?«

Sie nimmt es mit einem nervösen Lächeln entgegen. Als Erstes probiert sie es bei ihrem Ex.

»Mailbox«, sagt sie und schluckt hörbar. In ihren Augen schimmern Tränen.

Sie tut mir leid. Der Typ wird nicht zu ihr zurückkommen, er hat bloß nicht genug Eier in der Hose, es ihr zu sagen; und das macht mich echt wütend. Das hat sie nicht verdient.

Das ist das mieseste Weihnachten, das ich mir vorstellen kann. Aber ich will nicht schon wieder heulen und wische mir mit dem Handrücken über die Augen.

»Und was jetzt?«, fragt er, vielleicht eine Spur zu fröhlich. »Was gehört an einem Weihnachtstag im Hause Cooper dazu?«

Ich werfe einen Blick auf die Uhr. »Um die Zeit wäre ich wahrscheinlich mit meinen kleinen Schwestern im Garten und würde einen Schneemann bauen.«

»Okay«, sagt er. »Dann machen wir das.«

»Was, echt?«

»Na klar.« Josh klatscht in die Hände. »Los, hopp, so ein Schneemann baut sich ja nicht von selbst.«

Er meint das wirklich ernst, also hole ich meine Jacke, schlüpfe in meine Stiefel und lasse Snowball den Vortritt nach draußen.

»Jeder einen oder einen zusammen?«

»Zusammen«, entscheide ich spontan. Der Schnee ist viel zu fluffig, als dass er sich gut formen ließe. Vermutlich frieren mir sowieso spätestens in einer Viertelstunde die Finger ab, so ganz ohne Handschuhe.

Trotzdem geht es erstaunlich gut und macht sogar Spaß.

»Aaron hätte das nie gemacht«, sage ich leise und streiche mit den Händen über die Stelle zwischen der zweiten und dritten Kugel, um sie zu verbinden.

»Warum nicht?«

»Vermutlich fände er es kindisch und albern.«

»Manchmal ist es gar nicht verkehrt, albern zu sein«, sagt Josh. »Das Leben ist schon schwer genug. Da sollte man es nicht so ernst nehmen.«

»Sagt der Richtige«, bemerke ich und knuffe ihn in die Seite.

»Erwischt«, gibt er zu. »Aber was das betrifft, bin ich wohl Experte. Und ich weiß, dass es nicht gut ist, wenn man alles viel zu ernst nimmt. Man muss auch mal loslassen.«

Loslassen ... »Genau das kann ich nicht, darin bin ich am schlechtesten.«

»Wieso?«

»Weil Stabilität wichtig ist, das siehst du doch an ihm«, sage ich und deute auf den Schneemann. »Wenn die Verbindung zwischen den beiden Teilen nicht fest genug ist, verliert er ganz schnell den Kopf.«

»Auch das ist manchmal nicht das Schlechteste. Sich in jemanden zu verlieben, bedeutet ein wenig kopflos zu sein.«

»Im Prinzip ist es ja auch so, wenn Aaron und ich uns sehen.« Dann ist sie plötzlich wieder da, diese Verspieltheit. »Nur sehen wir uns viel zu selten. Es fühlt sich an, als ob ich mit meinem eigenen Freund eine Affäre hätte, verstehst du?«, frage ich und sehe Josh an. »Verliebtheit und Liebe ist nicht das Gleiche. Liebe entsteht nur, wenn man Zeit miteinander verbringt. Deshalb hab ich mir gewünscht, dass er einfach mal bleibt oder ich bei ihm bin.«

»Aber er ist nicht geblieben«, stellt Josh fest.

»Nein, ist er nicht. Dafür war sein Terminkalender immer viel zu voll. Er war derjenige, der nie Zeit hatte«, füge ich hinzu und merke, dass es mich echt sauer macht. »Wie kann er da sagen, wir hätten uns auseinandergelebt? An mir lag das mit Sicherheit nicht!« Ich verpasse dem Schneemann einen wütenden Schlag gegen die Brust.

»Richtig so, Cooper«, feuert Josh mich an. »Lass es raus.«

»Galadiner hier, Besprechung da, Wahlen«, sage ich und versetze ihm einen weiteren Fausthieb. »Er ist wie sie, wie alle Männer in meinem Leben. Genauso unbeständig und treulos. Denn auch er wird verschwinden, sobald es taut«, fahre ich fort. »Genau wie mein Erzeuger, der sich in Luft aufgelöst hat. Oder Ryan, der sich einfach zu Noah verdrückt hat, wenn ihm zu Hause alles zu viel wurde. In Noahs Dad hat er einen Ersatz gefunden für die Lücke in seinem Herzen, die unser Vater hinterlassen hat. Nur ich hatte niemanden, der sie füllt.« Mein nächster Schlag bringt den Schneemann gefährlich ins Wanken. »Außer Aaron. Und jetzt ist er auch nicht mehr da und geht noch nicht mal an sein Telefon!«

Ich starre in das konturlose Gesicht und stelle mir vor, es wäre Aaron. Oder mein Vater, den ich nur von ein paar alten Fotos kenne. Das macht mich so unfassbar wütend. Mit voller Wucht boxe ich hinein. Ein stechender Schmerz durchzuckt meine Knöchel, als sie auf das massive Hindernis treffen. Der Kopf des Schneemanns fällt.

»Au!«, rufe ich, eher erstaunt.

»Hast du dich verletzt?«, fragt Josh besorgt. »Zeig mal her«, verlangt er und nimmt meine Hand in seine. Sie verschwindet förmlich darin.

Er streckt vorsichtig meine Finger. »Tut das weh?«

Nicht so sehr wie ein gebrochenes Herz, denke ich und schlucke.

»Es geht schon.«

»Sicher?«

»Warum verlassen mich immer alle?«, frage ich, denn das ist es, was mich am meisten quält.

»Ich bin noch da«, sagt Josh und sieht mich mit einem seltsamen Blick an.

»Du kannst ja auch nicht weg«, gebe ich zurück und entziehe ihm meine Hand.

»Stimmt«, sagt Josh achselzuckend. »Wo sollte ich auch sonst hin?«, setzt er hinzu, bevor er wieder den halben Schneemann betrachtet. »Na los, gib ihm den Rest.«

»Ach, er kann ja auch nichts dafür«, sage ich, beuge mich zu der demolierten Schneekugel und setze sie ihm wieder auf. »Außerdem ist er sowieso eine traurige Gestalt, findest du nicht?«

»Stimmt. Wir sollten ihn Olaf nennen.«

»Er hat ja noch nicht mal Arme.«

»Und ohne Arme keine Kekse«, zitiert Josh den blöden alten Spruch und bringt mich damit trotzdem zum Lachen.

»Kekse sind ein gutes Stichwort. Weißt du, was wirklich noch fehlt? Plätzchen!«

»Gute Idee.«

»Dann lass uns reingehen und welche backen. Ich erfriere nämlich bald«, sage ich und reibe meine eiskalten Hände aneinander, um sie zu wärmen.

Wow, das war ein ziemlicher Gefühlsausbruch. Aber das musste raus. Auch wenn sie immer noch wütend ist, wie mir die Art verrät, mit der sie ihre Stiefel auszieht. Sie tritt sie von den Füßen, lässt sie einfach liegen, wo sie hingefallen sind, und stapft auf Socken in die Küche.

»Ich kenne das«, sage ich. »Ich war auch wütend, als Joanna mich verlassen hat. Erst kommt der Schock, dann die Wut und dann ...«

»Was dann?«

Die Trauer. Sie ist seitdem nie ganz weggegangen, aber es wäre jetzt wohl ungünstig, das zu erwähnen.

»Kommt man drüber hinweg«, sage ich stattdessen und sammele Skyes Stiefel auf, bevor der Schnee, der daran taut, den ganzen Boden nass macht.

Skye inspiziert derweil die Vorräte. »Haben wir Mehl?«

»Nein.«

»Gut, dann halt Haferflocken«, entscheidet sie spontan und schnappt sich ein Päckchen aus dem Regal.

Während sie mit den Schüsseln klappert, schalte ich

das Radio ein. Das Thema des Tages auf WKNB lautet Country Christmas - wie sollte es auch anders sein? Die samtige Stimme von Nat King Cole schwebt durch den Raum - The Christmas Song, was sonst? Ich nehme es zum Anlass, ein paar Holzscheite nachzulegen.

Das Feuer prasselt, der Duft der Haferkekse gesellt sich zur Musik und plötzlich fühlt es sich wirklich ein bisschen nach Weihnachten an.

Draußen dämmert es bereits, als ich das Blech mit den Plätzchen aus dem Ofen ziehe. Zum Abkühlen stelle ich sie zur Seite. Eine heiße Schokolade wäre perfekt dazu, Josh hat allerdings kein Kakaopulver im Haus. Nur Kaffee oder Tee, aber egal, Hauptsache etwas Warmes.

Das Lied im Radio wechselt zu Blake Shelton im Duett mit Michael Bublé, die Country-Version von Home, und plötzlich empfinde ich tatsächlich so was wie Heimweh.

»Darf ich noch mal telefonieren?«, frage ich.

»Klar«, sagt Josh und entsperrt mir sein Handy.

Bei uns zu Hause geht keiner ran. Es klingelt und klingelt, aber niemand hebt ab. Ich will schon wieder auflegen, als Savannahs Stimme an mein Ohr dringt.

»Ja, hallo?« Sie klingt genervt. Typisch, Teenager eben.

»Hi, ich bin's.«

»Oh, hi Skye. Warte, ich geb dir Mom«, sagt sie und reicht den Hörer weiter an meine Mutter.

»Hi, Schätzchen. Frohe Weihnachten.«

»Das wünsche ich euch auch.«

»Geht es dir gut? Du klingst so bedrückt.«

»Nein«, antworte ich wahrheitsgemäß. »Aaron hat sich von mir getrennt.«

»Oh«, sagt Mom. »Das tut mir leid. Das ist nicht nett,

ich meine, es ist Weihnachten«, fügt sie hinzu, als ob ich das nicht selbst wüsste.

»Eben«, sage ich und schniefe, weil meine Augen schon wieder feucht werden.

»Aber mach dir nichts draus«, sagt Mom unbekümmert.

»Wie kannst du das so locker sehen?«

»Ich kannte ihn nicht mal, da hält sich mein Mitleid in Grenzen.«

»Danke«, stelle ich säuerlich fest.

»Ach Schatz«, sagt sie und seufzt. »Ich sage doch, es tut mir leid. Außerdem hat Ryan erzählt, dass du bei diesem Leckerchen bist. Wie heißt er noch gleich? Ach ja, richtig, Josh, ich erinnere mich«, plappert sie drauflos. »Also wenn ich an deiner Stelle wäre, würde ich Aaron ganz schnell vergessen.«

»Mom!«

»Was denn? Er ist heiß!«

»Du bist unmöglich!«

Sie lacht ihr typisches Mom-Lachen, es perlt aus dem Lautsprecher in mein Ohr wie billiger Sekt. Laut und blubbernd und ein bisschen verrucht. Josh hat es auch gehört, er betrachtet mich neugierig von der Seite, und ich spüre, wie mir die Hitze in die Wangen kriecht.

»Mütter?«, fragt er lautlos. Ich nicke, was er mit einem wissenden Grinsen beantwortet. So sind sie eben, sagt sein Schulterzucken.

»Miley fragt, wie es Snowball geht.«

»Bestens, obwohl er bald platzt, weil wir kein Hundefutter haben. Er bekommt Rührei und Maccaroni mit Käse.«

Mom kichert. »Skye sagt, sie füttern ihn mit ...«

»Nein, sprich es nicht aus«, sage ich noch.

»Nudeln«, vollendet Mom ihren Satz. Zu spät! Im

Hintergrund höre ich Miley lachen, die die Neuigkeit sofort an Heavenly weitergibt.

»Großartig, Mom! Ich sehe schwarz für die zukünftige Ernährung dieses Hundes.«

»Sei doch nicht immer so eine Spielverderberin«, schmollt Mom. »Amüsier dich lieber, es ist Weihnachten.«

»Amüsieren?«, frage ich entgeistert. »Mein Freund hat mit mir Schluss gemacht.«

»Deswegen ja«, gibt Mom ungerührt zurück. »Jetzt erst recht. Hold your head up high, Schätzchen.« Anscheinend hat sie die Lage überhaupt nicht begriffen. »Dein Bruder will dich sprechen«, sagt Mom und reicht das Telefon weiter an Ryan.

»Hey, frohe Weihnachten!«

»Danke, dir auch. Weißt du schon, wann wir hier rauskommen?«

»Leider nein«, nimmt Ryan mir jegliche Hoffnung. »Sieht schlecht aus. Für die kommende Nacht sind neue Schneefälle gemeldet. Wir geben unser Bestes, versprochen, aber bis dahin musst du dich leider gedulden.«

»Okay. Meld dich, sobald du was weißt.«

»Mache ich. Haltet die Ohren steif«, sagt Ryan. »Und schöne Grüße an Josh«, fügt er hinzu. Ich kann hören, dass er grinst.

»Und?« Josh schaut mich neugierig an, als ich ihm sein Telefon zurückreiche. »Gibt es was Neues?«

»Nein, Ryan sagt, solange es schneit, sitzen wir hier weiterhin fest.«

»Heute wäre sowieso nichts passiert«, sagt Josh. »Also weiter im Text.«

»Was steht denn als Nächstes auf dem geheimen Dearing-Spezialweihnachtsprogramm?«

»Das festliche Dinner.«

»Lass mich raten: Mac'n'Cheese?«

»Also bitte.« Josh hebt in gespielter Empörung eine Augenbraue. »An einem Feiertag? Außerdem sagte ich *Dinner*«, fügt er hinzu, wühlt im Gefrierschrank und bringt zwei tiefgekühlte TV-Dinner zum Vorschein. »Hühnchen mit Tomatensoße und Pasta oder Truthahn mit Kartoffelbrei und Erbsen?«, verlangt er zu wissen.

Misstrauisch beäugt Skye durch die Folie den Inhalt der Plastikschalen, die in einzelne Fächer unterteilt sind.

»Welches willst du denn lieber?«

»Ich habe dich gefragt.«

»Na gut, dann das Huhn, wenn's okay ist.«

»Wenn es das nicht wäre, hätte ich nicht gefragt«, entgegne ich und verdrehe die Augen. »Ehrlich, Cooper, manchmal bist du ziemlich kompliziert.«

»Findest du?«

Statt zu antworten, schalte ich lieber den Backofen ein, damit er vorheizen kann.

»Geht«, sage ich dann. »Eigentlich ganz okay.«

»War das so 'ne Art Kompliment?«

»Ja. Schätze, schon.«

Sie schnaubt und schüttelt den Kopf, dann grinst sie mich an. »Da solltest du echt dran arbeiten, Dearing. Sonst bekommst du nie 'ne Freundin.«

»Ich will ja gar keine«, behaupte ich, ziehe die Folie von den Schalen und schiebe sie in den Ofen.

»Warum nicht?«

»Zu kompliziert. Tut mir leid, der Wein ist leider aus«, stelle ich mit Blick auf die Getränke fest. »Zum Menü empfehle ich deshalb Bier und zum Dessert Whisky.«

»Klingt hervorragend«, sagt Skye und ich nehme zwei

Flaschen Miller aus dem Kühlschrank und bringe sie rüber zum Esstisch.

»Heute mal ganz vornehm?« Grinsend folgt sie mir in die Essecke.

»Wenn schon, denn schon. Zum Fest nur das Beste«, scherze ich.

»Cheers«, sagt Skye und wir stoßen an.

Bis das Essen fertig ist, haben wir das erste Bier getrunken und währenddessen genehmigen wir uns ein zweites.

»Das schmeckt gar nicht mal so gut«, kommentiert Skye kichernd, deshalb gehen wir tatsächlich bald zum Whisky über. Hauptsächlich um den Geschmack nach Tiefkühlsoße und Gefrierbrand hinunterzuspülen.

»War alles nach Ihren Vorstellungen, Mylady?«, frage ich, nachdem ich den Tisch abgeräumt und die leeren Plastikschalen in den Mülleimer geworfen habe.

»Ja, fast perfekt.«

»Wieso fast? Was fehlt denn noch, damit es das ist?«

»Na ja«, druckst Skye. »Eigentlich dachte ich ja, ich bekomme einen Heiratsantrag.«

»Okay«, sage ich und mache Anstalten, neben ihrem Stuhl auf die Knie zu sinken.

»Was wird das, wenn's fertig ist?«

»Ich mache dir einen Antrag«, entgegne ich und nehme ihre Hand. »Skye … Hast du einen zweiten Vornamen?«

Sie schüttelt den Kopf. »Zum Glück nicht.«

»Na gut.« Ich räuspere mich und blicke zu ihr auf. »Skye Cooper. Willst du …«

Ihre Augen werden weit und sie sieht mich ungläubig an.

»… den Rest des Weihnachtsfests mit mir verbringen?«, vollende ich meinen Satz.

»Mach dich nicht über mich lustig.« Sie funkelt mich an und will mir ihre Hand entziehen, aber ich halte sie fest.

»Es ist mein voller Ernst«, versichere ich. »Willst du mit mir zusammen sein, solange der Schnee uns gefangen hält, bis ans Ende unserer gemeinsamen Tage?«

»Blödmann«, sagt sie und verdreht die Augen.

»Also, was sagst du?«

»Es bleibt mir ja nichts anderes übrig.«

»Das werte ich dann mal als Ja«, bemerke ich grinsend. »Dann lass mich dir die entscheidende Frage stellen.«

»Und wie lautet sie?«

»Bleiben wir bei Whisky oder wechseln wir zu Rum?«

Statt einer Antwort greift sie sich die Flasche vom Tisch und nimmt sie mit rüber zum Sessel. Okay, dann wird es wohl Whisky – sour, wie mir ihr Gesichtsausdruck verrät.

## Kapitel Sechzehn

Ich bin immer noch ein wenig angefressen über Joshs Scherz, aber ich lasse es mir nicht anmerken und schlucke meinen Ärger runter. Der Abend plätschert, begleitet von reichlich Whisky, so dahin.

»Das war echt nicht witz-sig«, bemerke ich nach einer Weile, wobei es mir schwerfällt, die Worte deutlich auszusprechen.

Ich hab langsam ganz schön einen sitzen. Kein Wunder, stelle ich beim Blick auf die Flasche fest. Sie ist fast leer, dabei war sie vorhin noch voll. Das heißt, ich habe etwa die Hälfte von dem intus, was fehlt, also die Hälfte von drei Vierteln ... und das sind dann ...? Egal, auf jeden Fall eine ganze Menge.

Josh sieht mich von der Seite an. »Hast du wirklich gedacht, ich mache dir einen Antrag?«

»Natürlich nicht«, wehre ich schnell ab.

»Du hast aber so geguckt.«

»Wie denn?«

»Na, so!«, sagt er und schaut mich aus großen Augen an.

Ja, mag sein. Und zwar weil *er* so geguckt hat. Da war dieser Blick, irgendwie ... feierlich. Als ob es ihm wichtig wäre, was er zu sagen hat. Für einen Moment habe ich geglaubt, er meint es wirklich ernst.

»Das-s bildest du dir ein«, gebe ich zurück.

»So abwegig wäre es ja nun auch wieder nicht«, brummt er.

»Was?«

»Wenn ich dich fragen würde.«

»Und ob!«, widerspreche ich. »Du findest mich ja noch nicht mal attraktiv.«

Er sieht mich erstaunt an. »Wie kommst du denn darauf?«

»Wie *ich* darauf komme?«, frage ich zurück. »Entschuldige bitte, aber du lässt ja wohl keine Gelegenheit aus, mir auf die Nase zu binden, dass du mich nicht sexy findest.«

»Es geht halt nicht«, erwidert er achselzuckend.

»Da, du tust es schon wieder.«

»So meine ich das nicht«, beeilt er sich zu sagen. »Aber es funktioniert nicht.« Er nickt vielsagend in Richtung seines Schritts.

»Und heut Morgen?«

»Ich musste mal, wie oft denn noch? Das war nur eine Wasserlatte«, fügt er hinzu. »Du könntest hier nackt vor mir rumtanzen, das würde mich total kaltlassen.«

»So, glaubst du das?«, frage ich. Irgendwie wurmt es mich, dass er so überzeugt davon ist.

»Ich glaube es nicht, ich weiß es«, gibt er mit einem selbstgefälligen Grinsen zurück.

»Hast du 'ne Ahnung. Dafür müsste ich mich noch nicht mal ausziehen.«

Er schnaubt.

»Um was wetten wir?«

»Wetten?«, fragt er irritiert.

»Zwanzig Dollar, wenn du mich doch sexy findest«, sage ich und strecke ihm die Hand hin.

Er sieht mich an, als ob ich nicht alle Tassen im Schrank hätte. »Und wie willst du das herausfinden?«

»Das lass mal meine Sorge sein«, gebe ich mit einem zuckersüßen Lächeln zurück.

Als Tochter meiner Mutter fällt mir bestimmt was ein. Außerdem war sie im Grunde ihres Herzens gar keine echte Stripperin, sondern hat einfach das gemacht, worin sie gut war. Sie stand schon immer auf Make-up, Klamotten und Musik. Wenn sie frei hatte, haben wir Musikvideos geschaut, N'Sync, Britney Spears, Christina Aguilera, und dazu getanzt. Das war immer lustig und ich beherrsche die Choreografien heute noch – wäre ja gelacht, wenn Moms sonntägliche *Tanzstunden* völlig umsonst gewesen wären. Auch wenn Joshs Blick gerade etwas anderes sagt. Aber soll er ruhig grinsen, das Lachen wird ihm noch vergehen.

Nicht sexy ... Pfft. Mr. Obermacho kann sich warm anziehen!

Skye streckt mir immer noch die Hand entgegen. »Wetten, dass du mich sexy findest?«

»Und wie willst du das beurteilen?«

»Na wie wohl?«, sagt sie mit einem Blick in Richtung meines Schritts.

»Vergiss es.«

»Wieso?«, gibt sie mit einem spitzbübischen Lächeln zurück. »Hat doch heut Morgen ganz gut geklappt, auch wenn du etwas anderes behauptest. Also, was ist jetzt?«, sagt sie. »Zwanzig Dollar?«

Ich hab keine Ahnung, was sie vorhat, aber im Grunde ist es auch egal. »Fünfzig«, entgegne ich und schlage ein.

Die Wette habe ich bereits gewonnen, sie weiß es bloß noch nicht. Von den Nebenwirkungen der Prozacs mal abgesehen, würde ich vermutlich eh keinen mehr hochkriegen. Dafür hab ich viel zu viel getrunken.

»Mach dich auf was gefasst, Dearing«, sagt sie und droht mir mit ausgestrecktem Zeigefinger.

Ich betrachte sie, wie sie vor mir steht, in dem labberigen Tigers-Shirt und der viel zu großen Jogginghose, und verkneife mir ein Lachen. Sie sieht süß aus, vielleicht, aber sexy? No way!

»Hast du *Prime Music* oder *iTunes?*«, fragt sie und streckt fordernd die Hand nach meinem Telefon aus.

»Beides«, entgegne ich und reiche es ihr.

»Und warum hören wir dann die ganze Zeit Radio?«, fragt sie fassungslos.

»Wegen des Wetterberichts«, gebe ich achselzuckend zurück. »Außerdem mag ich Country.«

»Dein Ernst?«, fragt sie schockiert.

»Ja, warum nicht?«

»Dazu kann man nicht tanzen«, behauptet sie und wischt auf dem Display herum. »Ah, na bitte, aber hierzu«, sagt sie, dreht mir den Rücken zu und legt das Handy auf der Theke ab. »Moment, geht gleich los.« Sie greift nach dem Saum des T-Shirts und zieht ihn hoch.

»Eigentlich zieht man sich erst dabei aus und nicht vorher«, bemerke ich trocken.

»Ich habe nicht vor, mich auszuziehen«, gibt sie zurück und tippt auf das Handy.

Als sie sich zu mir umdreht, sehe ich, dass sie das Shirt unter der Brust verknotet hat, damit es bauchfrei ist. Mein Blick gleitet über ihre schmale Taille hinab zum Bund der Jogginghose, der auf ihren Hüftknochen sitzt. Eine gute Figur hat sie ja, das muss man ihr lassen. Keine Ahnung, warum sie die immer versteckt.

Die ersten Takte der Musik setzen ein, ein langsamer sinnlicher Beat - der Soundtrack von Shades of Grey.

»Echt jetzt?«, frage ich spöttisch, aber Skye antwortet nicht. Stattdessen vollzieht sich vor meinen Augen eine Verwandlung.

Sie richtet sich zu ihrer vollen Größe auf und strafft die Schultern. Das heißt, sie rollt sie zurück und hebt das Kinn, die Bewegung ist stolz und anmutig zugleich. Dann greift sie an ihren Hinterkopf und löst ihr Haar aus dem Knoten. Es fällt über ihre Schultern hinab und schimmert im Schein des Kaminfeuers wie flüssiges Gold. Sie kommt auf mich zu, mit langsamen, wiegenden Schritten.

In der Mitte des Raums bleibt sie stehen und betrachtet mich, sieht mir dabei zu, wie ich ihr zusehe. Das ist die größte Veränderung an ihr, der Ausdruck in ihren Augen. Er schwankt irgendwo zwischen provokant und verrucht. Okay, das ist wirklich verdammt sexy. Nur leider völlig wirkungslos. Trotzdem, auch wenn bei mir nichts geht, bin ich immer noch ein Mann. Ich mag impotent sein, aber definitiv bin ich nicht blind. Deshalb lehne ich mich im Sessel zurück, verschränke die Arme hinter dem Kopf und genieße die Show.

Die ist wirklich nicht von schlechten Eltern. Hätte nicht gedacht, dass Skye es so draufhat. Ihre Bewegungen sind fließend und sinnlich, sie tänzelt rüber zum Stützbalken und umkreist ihn wie eine Pole-Dance-Stange. Als sie einmal rum ist, bleibt sie mit dem Rücken zu mir stehen und spreizt die Beine. Langsam lässt sie ihre Hände daran hinabwandern und beugt sich vor, streckt mir ihren Hintern entgegen und wackelt damit. Er ist rund und einladend und ich muss gestehen, dass der Anblick mich nicht völlig kaltlässt.

Die Bilder in meinem Kopf sind eindeutig nicht jugendfrei, und wenn ich könnte, würde ich aufstehen und sie von hinten nehmen. Geht aber nicht. Also bleibe ich sitzen und gebe mich unbeteiligt.

»Na, wird dir schon heiß, Dearing?«, fragt sie neckisch.

»Kein Stück«, behaupte ich, obwohl ich schwören könnte, dass es im Raum mindestens zehn Grad wärmer geworden ist, seit sie tanzt.

»Ach, wirklich?«, schnurrt sie und kommt auf mich zu. Sogar ihre Stimme klingt anders, oder bilde ich mir das nur ein?

Sie stützt die Hände auf den Armlehnen des Sessels ab und fixiert mich mit ihrem Blick wie die Schlange das Kaninchen. Genauso fühle ich mich gerade, hilflos in Anbetracht ihres geballten Sexappeals.

»Immer noch nicht?«, raunt sie und klettert auf meinen Schoß. Sie windet sich, reibt sich an meinem Schritt.

O bitte, Baby, tu das nicht! Großer Gott, warum quälst du mich so? Es ist grausam, mir so deutlich vor Augen zu führen, dass ich ein Schlappschwanz bin. Sie wird mich auslachen, weil bei mir tote Hose herrscht. Oder noch schlimmer, sie wird mich ansehen mit diesem mitleidigen Blick in ihren wunderschönen Augen, und das ertrage ich gerade am allerwenigsten.

Panisch packe ich ihre Oberarme, um sie zu stoppen, doch zu meiner Überraschung tut sich was bei mir. Ich reagiere auf sie, das heißt vielmehr er, mein Schwanz. Er richtet sich auf und wird hart.

Für einen Moment bin ich so verblüfft, dass ich vergesse, zu atmen. Meine Gedanken überschlagen sich, das ist besser als Ostern und Weihnachten am gleichen Tag! Ach ja, richtig, heute ist ja sogar Weihnachten.

»Wusste ich's doch«, murmelt Skye. Um ihre Mundwinkel spielt ein triumphierendes Lächeln. Dann wusste sie wohl mehr als ich. »Du schuldest mir fünfzig Dollar, Dearing.«

»Ich geb dir hundert«, sage ich. »Die Show war definitiv

jeden einzelnen Cent wert«, füge ich hinzu und ziehe sie in meine Arme.

Josh küsst mich, stürmisch und wild. Er schmeckt nach Whisky und mehr. Seine Küsse brennen auf meinen Lippen wie flüssiges Feuer. Es springt auf mich über und erfasst mich, flutet meinen Körper mit einer Welle aus Hitze. Mit einem leisen Stöhnen presse ich mich enger an ihn, seine Erregung drängt heiß gegen meinen Schritt. Ungeduldig zerrt er an dem Knoten, der das Shirt zusammenhält.

»Na endlich«, murmelt er an meinem Mund, als er ihn aufbekommt. »Hmmm, kein BH«, stellt er fest.

Seine Hände wölben sich um meine Brüste, und ich seufze wohlig, als seine Finger über meine Nippel streicheln. Sie richten sich unter der zarten Berührung auf, was Josh mit einem leisen Knurren quittiert. Er streift mir das T-Shirt über den Kopf und betrachtet mich einen Moment mit beinahe ehrfürchtigem Staunen. Dann beugt er sich vor, sein Bart kitzelt auf meiner Haut, als er einen meiner Nippel in den Mund nimmt und daran saugt. Nicht zu sanft und nicht zu fest, sondern genau richtig. Mein Unterleib antwortet darauf mit einem sehnsüchtigen Ziehen und ich stehe in Flammen, schmelze unter der Liebkosung dahin.

Mein Puls schnellt in die Höhe und mein Höschen wird feucht. Ich will ihn, bin genauso scharf auf ihn wie er auf mich, aber ...

»Warte. Wir sollten das nicht tun«, stoße ich atemlos hervor und rücke von ihm ab.

»Warum nicht?«, fragt er mühsam beherrscht. Er gibt

sich echt Mühe, nicht allzu enttäuscht zu klingen, aber es gelingt ihm nicht.

»Weil ich bis gestern mit einem anderen zusammen war. Ich kann doch nicht einfach mit dem Nächsten ins Bett springen.«

»Wer sagt denn, dass ich mit dir ins Bett will?«, stellt Josh mit einem lüsternen Grinsen fest.

»Sondern?«

»Viel zu weit«, raunt er, verschränkt die Arme hinter meinem Rücken, hebt mich an und steht mit mir zusammen aus dem Sessel auf, nur um mich direkt wieder auf das Bärenfell vor dem Kamin zu betten.

Mit dem Zeigefinger zeichne ich die Kontur ihrer Lippen nach, lasse ihn über ihr Kinn ihren Hals hinunterwandern, zu ihrem Schlüsselbein. Zwischen ihren Brüsten hindurch, über ihren Bauch, bis er schließlich den Bund ihrer Jogginghose - meiner Jogginghose - erreicht. Ihr Körper bebt unter der Berührung. Ich nehme ein Ende des Bandes, das die Hose zusammenhält, zwischen Daumen und Zeigefinger und schenke ihr einen fragenden Blick. Sie beantwortet ihn mit einem Lächeln.

Aufreizend langsam löse ich die Schleife und sie hebt auffordernd das Becken. Also ziehe ich ihr die Jogginghose runter und das Höschen gleich mit.

Dann halte ich inne, betrachte sie einen Moment und lasse meinen Blick über ihren nackten Körper gleiten.

»Wie schön du bist«, murmele ich. Und ich Idiot hab es einfach nicht gecheckt.

»Das ist unfair«, sagt sie. »Du hast noch viel zu viel an.«

Das lasse ich mir nicht zweimal sagen. So schnell war ich noch nie aus meinen Klamotten. Sie beobachtet mich, und als ich meine Unterhose runterziehe, blitzen ihre Augen auf. Anscheinend gefällt ihr, was sie sieht. Glaub mir, Baby, ich freu mich auch, ihn zu sehen.

Wie um mich zu vergewissern, dass ich mir das nicht nur einbilde, schließe ich die Hand um meinen Schaft. O ja, hart und prall. Wie sehr hab ich dieses Gefühl vermisst, ich könnte es mir glatt selbst machen. Aber das überlasse ich dann doch lieber ihr und erkunde stattdessen Körperteile, mit denen ich weniger gut vertraut bin. Die Stelle zwischen ihren Beinen zum Beispiel.

Meine Fingerspitzen treffen auf warme Nässe, ich tauche zwei hinein und benetze sie, um ihre Klitoris zu streicheln. Skye stöhnt auf und revanchiert sich, indem sie meinen Schwanz massiert. Das ist echt gut. Wenn ich nicht aufpasse, werde ich in ihrer Hand kommen, ich muss mich echt auf was anderes konzentrieren.

»Warte«, sagt sie wieder.

O nein, Baby! Bitte nicht jetzt, flehe ich stumm. Das ist gerade ein ganz beschissener Zeitpunkt, ich hatte drei Jahre keinen Sex und ...

»Hast du Kondome?«, unterbricht sie meinen inneren Monolog.

Oh, Shit! »Nein, hab ich nicht.« Wozu auch?

»Aber ich«, sagt sie. »Lauf nicht weg!«, fügt sie mit einem kleinen Grinsen hinzu und steht auf.

»Garantiert nicht.«

Sie geht rüber zu ihrer Handtasche und wühlt darin herum, bevor sie sich umdreht und mit triumphierendem Lächeln ein kleines Päckchen in die Höhe streckt.

»Ist es voll?«

»Nein«, sagt sie. »Aber vier Stück sollten fürs Erste reichen, oder?«

Da wäre ich mir nicht so sicher, aber ich verkneife mir den Kommentar, sondern pflücke ungeduldig die Schachtel aus ihren Fingern, entnehme ein Gummi und streife es über.

Sie legt sich hin und zieht mich zu sich, spreizt die Beine. »Geht das mit deinem Knie?«

»Scheiß auf das Knie«, gebe ich zurück, bringe mich in Position und genieße das vorfreudige Kribbeln, bevor ich in sie eindringe. Ihre Pussy umschließt mich, heiß und nass.

Gott, ist das gut! Wie lange habe ich auf diesen Moment gewartet? Stöhnend versenke ich mich in ihrer süßen Enge, um der dreijährigen Durststrecke ein Ende zu bereiten.

Mom sagt immer, in Bezug auf das Stehvermögen in Verbindung mit Alkohol gibt es zwei Arten von Männern: Die einen bekommen ihn nicht hoch und die anderen nicht wieder runter. Josh scheint wohl zur letzteren Sorte Mann zu gehören. Den ehemaligen Profisportler merkt man ihm an, jedenfalls konditionell. Er liebt mich mit gleichmäßigen, ausdauernden Stößen. Außerdem ist er eindeutig besser gebaut als Aaron und erreicht dadurch ganz andere Stellen - interessantere Stellen. Jedes Mal wenn er in mich hineingleitet, berührt er meinen G-Punkt und kurz darauf, wenn er komplett in mir ist, drückt sein Schambein gegen meine Klitoris. In Kombination mit dem konstanten Tempo, in dem er mich nimmt, ergibt sich daraus eine überaus reizvolle Mischung. Lange kann ich ihr wohl nicht mehr widerstehen und ich spüre bereits, wie sich ein gewaltiger Orgasmus zusammenbraut. Eine köstliche Hitze breitet sich in meinem Unterleib aus und die Muskeln in meinem Inneren ziehen sich zusammen.

»Oh, fuck«, murmelt Josh und plötzlich geht alles ganz schnell. Seine Augen werden weit, er sieht mich entsetzt an, bevor er sie wieder schließt und sich stöhnend tief in mir ergießt. Na super, ich war so kurz davor!

Er reißt die Augen wieder auf. »Tut mir leid«, stammelt er. »Ich … Ach, Shit.« Er bringt eine Hand zwischen uns, um das Kondom festzuhalten, und zieht sich aus mir zurück. Übrig bleiben ein Gefühl von Leere und der schale Geschmack der Enttäuschung auf meiner Zunge.

»Tut mir leid«, sagt er erneut. »Normalerweise passiert mir das nicht«, setzt er zu einer Erklärung an.

»Schon okay.«

»Es hat sich bloß so unfassbar gut angefühlt und ich hatte seit dem Unfall keinen Sex mehr.«

Jetzt bin ich es, die große Augen macht. »Drei Jahre?«

»Was soll ich sagen?«, entgegnet er achselzuckend, steht auf und entsorgt das Kondom im Mülleimer. »Es hat sich halt einfach nicht ergeben.«

»Wow, das ist echt lang.«

Josh lässt sich neben mir auf dem Bärenfell nieder.

»Schon okay, das ist Aaron auch öfters passiert«, tröste ich ihn. Auch wenn ich zugeben muss, mehr als nur ein bisschen enttäuscht zu sein.

Josh stutzt. »Und dann?«

»Nichts dann.«

»Wow, wie unhöflich«, bemerkt Josh.

»Ach, meistens war auch keine Zeit mehr. Er war müde und muss immer früh raus.«

»Trotzdem nicht nett, wenn er weiß, dass du nicht auf deine Kosten gekommen bist«, sagt er. »Aber was nicht ist, kann ja noch werden.« Lächelnd umfasst er meine Knöchel, spreizt meine Beine und taucht dazwischen ab.

»Was ist mit deinem Knie?«, versuche ich es wieder.

»Welches Knie denn, Cooper?«

»Du musst das nicht machen«, versichere ich. »Aus

Höflichkeit oder so.« Irgendwie erbärmlich, ich will nicht um einen Orgasmus betteln.

»Keine Sorge«, flüstert er an meinem Schoß. Seine Barthaare kitzeln über die Innenseiten meiner Oberschenkel. Zwei seiner Finger gleiten mühelos in mich hinein, ich bin nass und heiß.

»Das ist wirklich ...« *Nicht nötig,* wollte ich eigentlich sagen, aber in dem Moment taucht seine Zunge in meinen Schritt.

»Hmmm«, murmelt Josh und das Brummen vibriert auf meiner Haut, sendet kleine Stromstöße durch meine Nervenenden. Mir entfährt ein Keuchen.

»Entspann dich, Cooper«, raunt er, und ich kann hören, dass er lächelt. »Einfach mal fünf Minuten die Klappe halten und nicht nachdenken, okay?«

»O...kay!«

Das Einzige, worauf ich mich gerade konzentrieren kann, ist das heiße Kribbeln in meinem Unterleib. Also schließe ich die Augen und überlasse mich dem Gefühl, das seine Zunge und Finger in mir auslösen. Lange wird es sowieso nicht dauern, er hat's echt drauf, das ist wirklich gut, das ist ...

»Ja, komm für mich.«

Josh sieht zu mir auf. Mit funkelnden Augen beobachtet er jede meiner Regungen und mit dem nächsten Zungenschlag ist es um mich geschehen. Ein gewaltiger Orgasmus fegt durch mich hindurch und ich kralle meine Finger in Joshs breite Schultern, um nicht davon fortgerissen zu werden.

Sterne explodieren vor meinen geschlossenen Augen, heiße Wellen der Lust branden durch meinen Körper. Josh hält inne und kostet den Moment aus, lässt mich kurz Luft holen, bevor er mich dem nächsten Gipfel entgegentreibt.

Zwei Orgasmen später entscheidet er, dass er sich nun

wohl genug revanchiert hat. Mit einem zufriedenen Grinsen lässt er sich neben mir nieder, stützt sich auf und sieht mich von der Seite an.

»Alles gut?«, fragt er und streicht sanft eine Strähne aus meiner verschwitzten Stirn.

»Ja«, hauche ich, immer noch etwas außer Atem. Mein Herz hämmert in meiner Brust. »Das war …« Sensationell! »Echt heiß«, vollendende ich meinen Satz.

»Absolut.« Um seine Mundwinkel spielt ein Lächeln. »Ich könnte ja glatt schon wieder«, fügt er mit Blick an sich herab hinzu. »Aber wir sollten lieber sparsam mit den Kondomen umgehen. Außerdem wäre es vielleicht an der Zeit, mal irgendwohin zu wechseln, wo es bequemer ist.«

Er steht auf, streckt mir die Hand hin, zieht mich zu sich hoch und ich folge ihm auf wackeligen Beinen ins Schlafzimmer.

# Kapitel Siebzehn

Mir ist heiß, als ich am nächsten Morgen in Joshs Armen erwache. Die Luft im Raum ist schal, riecht nach Whisky und Sex. Mein Kopf dröhnt, denn ich habe einen ausgewachsenen Kater. Nachdem wir ins Bett gegangen sind, hat mir Josh sehr eindrucksvoll bewiesen, dass er normalerweise über mehr Kondition verfügt. Deutlich mehr. Da gewinnt der Begriff »Ausdauersport« eine ganz neue Dimension. Das war die mit Abstand heißeste Nummer meines Lebens.

Vorsichtig löse ich mich aus seiner Umarmung und stehe auf. Beim Anblick seines nackten Körpers und der zerwühlten Laken durchfährt mich ein schlechtes Gewissen. Ich habe mich benommen wie eine kleine Schlampe, dabei war ich gerade mal vierundzwanzig Stunden von Aaron getrennt. Wie ein billiges Flittchen. Nein, schlimmer, wie Mom, und das ist das Allerschlimmste. Die Erinnerung daran, wie ich für ihn getanzt habe, treibt mir die Schamesröte ins Gesicht.

So kenne ich mich nicht, denke ich und betrachte mein Gesicht im Spiegel über dem Waschbecken. Meine Haare sind völlig zerzaust, auf meinen Wangen liegt ein rosiger Hauch, in meinen Augen ein seltsamer Glanz.

Ich sehe durchgef…eiert aus. Steht mir irgendwie sogar ganz gut, ich hatte Schlimmeres erwartet. Außerdem hat Mom gesagt, ich solle mich amüsieren, denke ich grimmig und dränge das schlechte Gewissen zurück. Vielleicht sollte ich zum ersten Mal in meinem Leben auf meine Mutter hören und mich locker machen.

Skye ist nicht da, stelle ich fest, als ich nach ihr taste, und schlage die Augen auf. Aber sie kann noch nicht lange auf sein. Die Kuhle in der Matratze neben mir ist leer, aber sie trägt noch die Wärme, die Skyes nackter Körper in ihr hinterlassen hat. Bei der Erinnerung an die vergangene Nacht muss ich unwillkürlich lächeln. Stille Wasser sind ja bekanntlich tief, aber unter Skyes Oberfläche lauert definitiv der Marianengraben. Wer hätte gedacht, dass sich hinter der Fassade der spießigen Tussi eine so leidenschaftliche, sinnliche Frau verbirgt? Beim Gedanken, wie sich ihre heiße, nasse Pussy um meinen Schwanz gespannt hat, wenn sich die Muskeln in ihrem Innern zusammengezogen haben, werde ich schon wieder steinhart. Zu dumm, dass ich keine eigenen Kondome im Haus habe. Aber wozu auch? Woher hätte ich wissen sollen, dass ich so ein heißes Weihnachtsgeschenk bekomme? Das konnte ja nun wirklich niemand ahnen. Allein die Tatsache, dass ich wieder kann, wieder ein ganzer Mann bin, versetzt mich in Hochstimmung.

Bester Laune schwinge ich die Beine aus dem Bett und betrete den Wohnraum. Skye steht in der Küche und macht Kaffee. Ich schleiche mich an sie heran und schlinge von hinten die Arme um sie.

»Guten Morgen, schöne Frau«, sage ich und knabbere an ihrem Hals.

»Josh«, sagt sie und zuckt ertappt zusammen. Wen hat sie denn erwartet? »Kaffee?« Sie schenkt mir einen Becher ein und streckt ihn mir entgegen, aber statt ihn zu nehmen, schnappe ich mir ihren und ziehe sie hinter mir her zurück ins Schlafzimmer.

»Wo willst du hin?«

»Chillen«, antworte ich. »Ich hab 'nen ziemlichen Kater.« In der Waagerechten ist er eindeutig besser zu ertragen.

»Ich auch.« Sie reibt sich die Stirn.

»Willst du 'ne Schmerztablette?«, biete ich an und mache Anstalten, wieder aufzustehen, um ihr eine zu holen.

Sie hält mich zurück »Nein, ich ... Du brauchst sie bestimmt dringender«, sagt sie und betrachtet mich mit einem forschenden Blick.

Ich horche in mich hinein.

»Ich glaube, ich bin über den Berg«, stelle ich verblüfft fest. »Außer dem Schädel geht's mir erstaunlich gut.« Mein Hirn fühlt sich zwar immer noch wund an, aber das Kreischen ist weg.

Skye nickt wissend. »Die ersten Tage sind immer die schlimmsten.«

Ich sehe ihr in die Augen. »Danke, dass du das mit mir durchgezogen hast.«

Sie zuckt mit den Schultern. »Ich musste ja.«

»Trotzdem«, sage ich. »Danke, wirklich. Alleine hätte ich das nicht geschafft.«

»Schon okay«, sagt sie und kuschelt sich an mich. »Und wie geht's jetzt weiter?«

»Wie meinst du das?«, frage ich und sie zuckt mit den Schultern.

»Na, so generell«, sage ich mit einer Geste, die alles und nichts bedeuten könnte.

»Entschuldigung«, sagt er und rückt ein Stück von mir ab. »Ich bin seit drei Tagen clean, ich habe mir noch keine Gedanken darüber gemacht.«

»Du könnest dir einen Job suchen«, schlage ich vor.

»Als was denn?«

»Was hast du gelernt?«, frage ich. »Ich dachte, du warst auf dem College?«

»Ich hatte ein Football-Stipendium«, gibt er achselzuckend zurück. »Ich habe eigentlich nur Wirtschaft studiert, weil ich mich irgendwo einschreiben musste.«

»Aber mit einem Wirtschaftsabschluss kannst du doch alles machen.«

»Ich war lausig darin und habe meinen Abschluss nur mit Ach und Krach geschafft. War auch egal, wir hatten die Meisterschaft gewonnen, deshalb wollten sowohl die Atlanta Falcons als auch die Carolina Panthers mich im Team haben. Die Falcons haben mehr geboten, also ist es Atlanta geworden. Es war nie vorgesehen, dass ich irgendwas anderes werde als Football-Profi.«

»Und was wäre mit einer Stelle als Trainer?«, frage ich leise und zeichne mit der Fingerspitze die Konturen seiner Brust nach. »Ich glaube, die Heavenfield High sucht einen. Mr. Babcock ist schon ziemlich alt, er müsste eigentlich bald in Rente gehen.«

Trainer ... Ich lasse den Gedanken auf mich wirken. Spüre in mich hinein, wie es wohl wäre, das Footballteam der Highschool zu leiten.

»Eigentlich müsste ich nicht arbeiten«, sage ich. »Das Schmerzensgeld, das der Anwalt meiner Versicherung für mich erstritten hat, reicht zum Leben.« Um genau zu sein, würde es für mehr als ein Leben reichen. »Aber ich glaube, du hast recht. Es würde mir tatsächlich Spaß machen, eine Mannschaft zu trainieren«, setze ich versonnen hinzu.

Ja, das hätte was. All mein Wissen weiterzugeben, neue Talente zu entdecken, sie zu coachen. Es würde mich wahrscheinlich wirklich glücklich machen.

Ihre Hand, mit der sie meine Brust gekrault hat, hält in der Bewegung inne. »Aber?«, hakt Skye nach und sieht mich von unten an.

»Andererseits macht mir der Gedanke Angst«, bekenne ich. Dabei vermisse ich es so sehr, alles daran. Diesen typischen Geruch der Umkleidekabine, die Vorbesprechung über die strategischen Winkelzüge. Auf dem Platz zu stehen und die Anspannung zu spüren, die vor dem Spiel in der Luft liegt, das Leuchten in den Augen der Jungs nach einem Sieg.

»Wovor hast du Angst?«

»Dass es mich daran erinnern könnte, was ich verloren habe«, sage ich und seufze schwer. »Was, wenn ich nicht damit klarkomme?«

»Das kannst du nicht wissen, wenn du es nicht probierst.«

»Stimmt auch wieder«, gebe ich zurück. »Aber das muss ich ja nicht heute entscheiden«, füge ich hinzu, beuge mich zu ihr runter und küsse sie. »Da habe ich nämlich schon was Besseres vor.«

## Kapitel Achtzehn

Auch heute erwache ich in seinen Armen, wieder mit einem Kater. Wir haben gestern erneut zu viel getrunken, fällt mir auf. In seiner Nähe mutiere ich noch zur Alkoholikerin, denke ich, als ich mich vorsichtig von ihm löse und ins Wohnzimmer schleiche, um den Hund rauszulassen.

Der Morgen ist grau. Klammer Nebel wabert zwischen den Bäumen des Waldes und in der nasskalten Luft liegt der Geruch nach Tauwetter. Olaf sieht auch schon ganz mitgenommen aus - nicht dass er jemals anders gewesen wäre -, aber trotzdem wird mir wehmütig bei dem Gedanken.

Willst du mit mir zusammen sein, solange der Schnee uns gefangen hält?, fragt Joshs Stimme in meinem Kopf.

Klar, das hier kann nicht ewig so weitergehen, irgendwann musste es tauen. Die Feiertage sind vorbei, der Schnee wird schmelzen und ich werde in meinen Alltag zurückkehren. In ein Leben, das es so nicht mehr gibt, das dann nur noch aus Munroe's Baumarkt besteht, wie ich mit schrecklicher Klarheit realisiere.

Alles, worauf ich hingearbeitet habe - Aarons Frau zu werden, mit ihm zusammenzuziehen, die Stelle an der

Highschool in Nashville -, hat er fortgewischt. Meine gesamten Pläne für die Zukunft haben sich zerschlagen und Josh ... hat keine Pläne.

Das mit uns ist schön, irgendwie, und ich bin auch ein bisschen verliebt. Aber reicht das, um darauf eine neue Zukunft aufzubauen? Ich habe noch nicht mal um die alte gekämpft, also so richtig, mit vollem Einsatz. Und das hier ist irgendwie nicht das, was ich will, wovon ich immer geträumt habe. Es fühlt sich gut an und richtig, aber gleichzeitig so falsch. Als würde ich einen Kompromiss eingehen.

Genau so haben Moms Beziehungen immer begonnen. Mit Abstrichen und Ausflüchten, mit Entschuldigungen, warum es schon wieder nicht Mr. Right, sondern Mr. Wrong geworden ist. Was, wenn mein Mr. Right die ganze Zeit Aaron war? Ich hätte mich nicht auf Josh einlassen dürfen, solange das zwischen mir und Aaron nicht vollständig geklärt ist. Persönlich, von Angesicht zu Angesicht und nicht bloß am Telefon.

Als ich aufstehe, ist Skye in der Küche. Ich schlurfe gähnend zu ihr rüber und will ihr einen Kuss geben. Sie dreht den Kopf weg, deshalb landet er auf ihrer Wange. Sie schnappt sich ihre Kaffeetasse, umrundet den Tresen und nimmt auf dem Barhocker Platz, als wollte sie möglichst viel Abstand zwischen uns bringen.

»Alles in Ordnung?«, frage ich vorsichtig.

»Ja, natürlich«, entgegnet sie mit einer knappen Handbewegung.

»Sicher?«, hake ich nach.

»Was soll denn sein?«, fragt sie, aber sie kann mir nichts vormachen. Hier ist definitiv nicht alles in Ordnung, eine glückliche Frau sieht anders aus.

»Was ist los?«

»Nichts.«

»Habe ich irgendwas gesagt oder getan, womit ich dich verletzt habe?«

»Nein, es ist bloß …« Sie beißt sich auf die Lippe.

»Was?«

»Es taut«, sagt sie, als würde das alles erklären.

»Ja, und?«

»Du hast selbst gesagt, solange der Schnee uns gefangen hält. Aber spätestens in zwei, drei Tagen ist das alles vorbei«, sagt sie mit einer weiten Geste, die den Raum und den Schnee und den umgestürzten Baum mit einschließt.

»Und du willst nicht, dass es vorbei ist?«, hake ich nach.

»Ja. Nein. Ach ich weiß nicht«, sagt sie und schüttelt den Kopf.

»Noch ist es ja nicht so weit«, sage ich mit Blick aus dem Fenster. »Also lass uns doch einfach sehen, wie sich die Dinge entwickeln.« Außerdem finde ich die Diskussion ein wenig verfrüht. Ich hatte noch nicht mal einen Kaffee.

Josh nimmt einen Keramikbecher aus dem Schrank und beäugt den Inhalt der Kanne, die auf der Warmhalteplatte der elektrischen Kaffeemaschine steht, bevor er sich eine Tasse einschenkt. Er trinkt einen Schluck und verzieht den Mund.

»Stark«, brummt er und reibt sich mit der Hand durchs Gesicht.

Er sieht verkatert aus, wie jeden Morgen, und ich frage mich, was zum Teufel ich hier eigentlich mache.

»Macht wach«, entgegne ich.

»Das Zeug weckt vermutlich Tote.«

»Mir hat es jedenfalls die Augen geöffnet.«

Nüchtern betrachtet ist Josh tablettenabhängig und trinkt zu viel. Er hat keinen festen Job und lebt in den Tag hinein. In einem Haus, von dem er noch nicht einmal weiß, ob er es überhaupt behalten will.

Ich nehme einen tiefen Atemzug durch die Nase und lasse ihn langsam durch den Mund wieder entweichen.

»Ich weiß nicht, wie es weitergehen soll.«

»Womit?«

»Mit uns«, entgegne ich leise. »Ich meine, schon klar, das hier war eine Ausnahmesituation, eine einmalige Sache.«

»Von mir aus müsste es keine einmalige Sache bleiben«, sagt er und sieht mir fest in die Augen.

»Aber wie stellst du dir das vor?«

»Gut?«, fragt er zurück.

»Geht's vielleicht ein bisschen konkreter?«

»Moment«, sagt er und hebt abwehrend die Hände. »Erwartest du jetzt allen Ernstes, dass ich dir den perfekten Plan für eine gemeinsame Zukunft präsentiere?«

»Nein, natürlich nicht.«

»Dann weiß ich nicht, was du jetzt von mir willst.«

»Verbindlichkeit.«

»Wir waren zwei Mal miteinander im Bett«, setzt er an.

»Richtig.« Langsam beginne ich es zu bereuen.

»Da wäre es wohl etwas voreilig …«

Weiter kommt er nicht, denn wir werden von einem Motorengeräusch unterbrochen, das sich nähert.

»Was ist das?« Josh springt auf und ich folge ihm zur Tür.

»Nick!«, ruft Skye überrascht und ich starre belämmert das Schneemobil an, auf dessen Seite ein Aufkleber der Ranger-Station prangt.

»Wir haben endlich die Bäume beseitigt, die die Straße blockiert haben«, verkündet er freudestrahlend. »Nur auf dem letzten Stück gibt's noch Probleme. Aber der Jeep steht vorne an der Abzweigung. Deshalb dachte ich, ich schnappe mir das Schneemobil und schaue mal, ob hier jemand ein Taxi ins Tal braucht.«

Skye dreht sich auf dem Absatz um und stürmt an mir vorbei, um ihre Sachen zu packen. Nicht mal zwei Minuten später steht sie da, trägt wieder ihre eigenen Klamotten und schnappt sich den Hund. Sie scheint es ja wirklich sehr eilig zu haben.

»Willst du wirklich ...?«, beginne ich, doch sie schüttelt ärgerlich den Kopf.

»Ich habe wohl keine Wahl, denn ich muss zur Arbeit«, sagt sie spitz. Im Gegensatz zu dir, sagt ihr Blick.

»Ich komme mit«, sage ich. »Zum Supermarkt«, füge ich hinzu und greife mir meine Jacke.

»Entspann dich«, sagt Nick. »Ich kann nur einen von euch mitnehmen und muss zweimal fahren.«

»Was ist mit meinem Auto?«, will Skye wissen und deutet auf ihren Wagen.

»Kannst du so lange stehen lassen«, murmele ich.

»Gut«, sagt sie und nimmt Snowball auf den Arm und klettert hinter Nick auf den Rücksitz.

»In zehn Minuten bin ich zurück«, ruft er mir über das Geräusch des startenden Motors hinweg zu.

Nick wendet das Schneemobil und gibt Gas. Der Motor heult auf, kreischt in meinen Ohren, und ich sehe ihnen nach, bis das Geräusch leiser wird und schließlich ganz verklungen ist.

The party is over, denke ich bitter. Es ist vorbei.

# Kapitel Neunzehn

Das Schneemobil gleitet knatternd über den Schnee und der Fahrtwind bläst mir eisig ins Gesicht. Ich ducke mich hinter Nicks breiten Rücken und kralle meine Finger in den derben Stoff seiner olivgrünen Outdoorjacke. Er folgt der Spur, in der er gekommen ist, muss immer wieder Hindernissen ausweichen.

»Verstehst du jetzt, warum wir nicht eher zu euch durchgekommen sind?«, ruft mir Nick über die Schulter zu.

Umgestürzte Bäume und Schneewehen versperren den Weg. Es wird noch Tage, wenn nicht sogar Wochen dauern, bis die Forstarbeiter alles beseitigt haben.

Nach wenigen Minuten erreichen wir die Abzweigung zur Abrams Creek Road und weitere zwei Minuten später die Ranger-Station. Mit dem Schneemobil ging es ganz schnell. Aber zu Fuß hätten Josh und ich das nie geschafft.

»Ihr könnt drinnen warten«, sagt Nick. »Da ist es wärmer.«

»Ihm macht das nichts«, stelle ich fest und setze den Hund ab. »Er hat ja Fell.« Aber ich bin tatsächlich vollkommen durchgefroren.

Nick saust wieder los und ich gehe schnell rein. Die

Ranger-Station empfängt mich mit einem Schwall warmer Luft und dem Geruch nach Blockhaus und Büro.

Nicks Kollegin Harper sitzt an einem der Schreibtische und blickt von ihrem Monitor auf, als ich den Raum betrete.

»Hi, Harper.«

»Hey«, sagt sie. »Willst du einen Tee?«, fügt sie mit Blick auf die Kanne hinzu, die neben ihrer Tastatur steht.

»Gern«, sage ich.

Sie verschwindet im Aufenthaltsraum und ich wärme derweil meine Hände über dem gusseisernen Ofen, mit dem die Station beheizt wird.

»Heute ist es echt ungemütlich«, sagt Harper und reicht mir einen dampfenden Becher. »Dieses nasskalte Tauwetter geht einem durch und durch, findest du nicht?«, sagt sie und schüttelt sich.

»Ja«, sage ich. »Aber irgendwann musste es ja tauen.«

»Trotzdem schade«, sagt sie. »Eis und Schnee waren viel schöner. Das war endlich mal Winter nach meinem Geschmack.« Sie ist vor ein paar Jahren aus Alaska hergezogen und schimpft immer über das Wetter.

»Ich bin froh, dass es vorbei ist«, entgegne ich, trinke einen Schluck und verbrenne mir die Zunge daran.

Kurz darauf streckt Nick den Kopf zur Tür herein. »So, wir wären dann startklar«, verkündet er.

Ich reiche Harper die Tasse zurück. »Zu heiß«, entschuldige ich mich und verabschiede mich von ihr.

Josh sitzt bereits auf dem Beifahrersitz, also steigen Snowball und ich hinten ein.

Er sagt nichts, sondern starrt durch die Windschutzscheibe nach draußen. Die Fahrt ins Tal verläuft schweigend, in Nicks Gegenwart lassen sich die Dinge, die zwischen uns stehen, sowieso nicht aussprechen.

Nick biegt in unsere Einfahrt. Einerseits bin ich froh,

wieder zu Hause zu sein, aber gleichzeitig ist es seltsam und fühlt sich irgendwie endgültig an.

»Also dann«, sage ich. »Danke fürs Bringen.«

»Warte«, sagt Josh. »Hast du einen Moment?«, fügt er an Nick gewandt hinzu.

Ich setze Snowball ab. Er verschwindet kläffend entlang der platt getrampelten Spur Richtung Garten und ich drehe mich zu Josh um.

»Noch mal vielen Dank für die Gastfreundschaft, auch wenn sie nicht ganz freiwillig war.«

»Gern geschehen. Und jetzt?«

»Werde ich wohl zur Arbeit gehen«, antworte ich mit Blick auf die Uhr. Viertel nach elf. »Wenn ich mich beeile, schaffe ich es bis Mittag.« Immerhin ein halber Tag und besser als nichts. Mr. Munroe wird sowieso schon stinkig sein.

»Sehen wir uns mal wieder?« Er schaut mich an.

»Ich schätze, du wirst sicherlich noch einiges aus dem Baumarkt brauchen.«

»Das meinte ich nicht«, entgegnet er leise.

Ich weiß, was er sagen wollte, aber ... »Du hast recht. Es war wohl alles etwas vorschnell und der Ausnahmesituation geschuldet. Außerdem wäre es falsch, etwas Neues zu beginnen, solange das mit Aaron noch nicht geklärt ist.«

Er schnaubt und funkelt mich verärgert an. »Kapierst du es immer noch nicht? Er hat dich verlassen.«

»Hat er nicht, er hat gesagt, er brauche Abstand.«

»Das sagen alle Männer, die zu feige sind, Schluss zu machen.«

»Woher willst du das wissen?«

Josh lacht auf. »Weil ich es schon hundertmal bei meinen Freunden und Teamkameraden erlebt habe«, sagt er. »Und ich bin echt nicht stolz drauf, aber ich hab das auch schon mal zu einer Frau gesagt.«

»Das muss ich von ihm selbst hören.«

»Bitte«, sagt er. »Dann geh zu deinem Aaron und hol dir eine blutige Nase.«

»Ich brauche Gewissheit«, sage ich. »Das ist nun mal meine Art. Und was, wenn du dich irrst? Wenn er wirklich nur ein paar Tage für sich gebraucht hat, um über uns nachzudenken?«

»Das ist echt 'ne gute Frage«, sagt Josh und sieht mich herausfordernd an. »Was ist denn, wenn er es sich anders überlegt hat? Ist dann alles wie vorher?«

»Ich hoffe«, sage ich und zucke mit den Schultern.

»Und das, was zwischen uns war? Willst du das einfach vergessen?«

»Natürlich nicht!«, entgegne ich hitzig. »Wie könnte ich das?«, setze ich leiser hinzu. »Aber ich will mein Leben zurück und ...«

»Und was?«

»Ich habe mir nun mal geschworen ...«

»Keinen Loser zu heiraten«, vollendet er meinen Satz. In seinen Augen blitzt es auf. »Du meinst, einen Loser wie mich, ja?«

»Das hab ich nicht gesagt«, entgegne ich schnell.

»Aber gemeint«, sagt er und der getroffene Ausdruck in seinem Gesicht verrät mir, wie verletzt er ist.

Es ist, als hätte sie mir einen Kübel Eiswasser über den Kopf gekippt, und ich schüttele ihn ungläubig, um zu verarbeiten, was ich gerade gehört habe.

»Du bist ein toller Mann.« Sie fasst nach meiner Hand, aber ich wische sie weg.

»Wenn ich nicht so wäre, wie ich bin?« Ich weiß, dass es

kindisch ist, sich darin zu suhlen. Aber sie hat mich getroffen.

»Das ist nicht wahr.«

»Schon okay«, sage ich tonlos. »Du kannst aufhören, ich habe es verstanden.« Ich präsentiere ihr quasi mein Herz auf dem Silbertablett, und was macht sie? Erklärt mir, warum dieses Arschloch viel besser für sie ist, weil ich nur ein Loser bin.

Mich überkommt das dringende Bedürfnis zurückzuschlagen, und ich öffne den Mund, um irgendwas Gemeines zu sagen. Aber dann erinnere ich mich, dass wir immer noch in der Einfahrt vor ihrem Haus stehen, und ich reiße mich zusammen.

»Mach's gut«, sage ich also stattdessen. »Ich wünsche dir ein schönes Leben mit deinem Aaron!« Mit diesen Worten drehe ich mich um und steige ins Auto.

»Alles okay?«, fragt Nick.

»Bestens«, gebe ich kurz angebunden zurück.

Nick startet den Motor und fährt rückwärts aus der Einfahrt. Skye steht immer noch da, wir sehen uns durch die Windschutzscheibe an. Das war's dann wohl.

Als wir an der Highschool vorbeifahren, gleitet mein Blick für einen winzigen Moment rüber zum Footballfeld. Unter dem ganzen Schnee ist es kaum zu erkennen, es liegt begraben, genau wie meine Träume.

»Wohin willst du?«, unterbricht Nick meine Gedanken.

»Zum Supermarkt«, antworte ich. Dann kann ich endlich meine verdammten Tabletten abholen.

»Schätzchen!«, ruft Mom erfreut, als ich die Haustür öffne. »Da bist du ja wieder.«

»Keine Zeit, ich muss zur Arbeit«, stoße ich atemlos

hervor und renne in mein Zimmer, um mein Handy an das Ladegerät anzuschließen. Meine kleinen Schwestern haben gerade sowieso nur Augen für Snowball, wie mir sein aufgeregtes Kläffen und ihr entzücktes Kreischen verraten.

Während der Akku lädt, sprinte ich ins Bad und springe unter die Dusche. Eigentlich müsste ich auch meine Haare waschen, aber dazu habe ich jetzt keine Zeit. Stattdessen gönne ich ihnen eine große Portion von Moms Haarspray, mit dem ich die feinen Strähnen, die sich aus meinem Zopf gelöst haben, an meinen Oberkopf betoniere. Das muss reichen.

Zurück in meinem Zimmer ziehe ich mir schnell was über, greife wahllos nach irgendwelchen Sachen, denn mein Outfit ist mir gerade wirklich egal.

Mom schenkt mir einen prüfenden Blick. »Geht es dir gut?«

»Ja, nein, ach, was weiß ich«, sage ich, lasse mich aufs Bett sinken und stoße einen zittrigen Atemzug aus.

Mom setzt sich zu mir und legt eine Hand auf mein Bein. »Was ist passiert?«

»Nichts«, sage ich. »Und gleichzeitig so viel. In meinem Kopf herrscht das reinste Chaos, ich hab das Gefühl, als wäre mein gesamtes Leben aus der Spur geraten.«

Mom nickt, dabei versteht sie wahrscheinlich nichts von dem, was ich sage.

Ist ja auch egal. Ich will, dass es wieder in geordneten Bahnen verläuft, und das erreiche ich jedenfalls nicht, indem ich jetzt zur Arbeit gehe. Soll Mr. Munroe mich doch feuern, ich hab sowieso keinen Bock auf den Job.

»Leihst du mir dein Auto?«

»Klar«, sagt Mom und ich springe auf. »Der Schlüssel ist in meiner Handtasche«, ruft sie mir nach.

Mit fliegenden Fingern durchwühle ich ihre Tasche.

Portmonee, Haarbürste, Lippenstift, Kaugummis … Irgendwo in den Untiefen klimpert es. »Hab ihn.«

»Wohin willst du?«, fragt Mom, die mir gefolgt ist.

»Zu Aaron.« Ich kann nur hoffen, dass er noch in Nashville ist und nicht doch bei seinen Eltern. Aber ich muss es versuchen, und wenn ich dafür bis nach Florida fahren muss. Ich brauche Antworten und Klarheit.

Während der anderthalbstündigen Fahrt nach Nashville geht mir zu viel durch den Kopf. Meine Gedanken wandern zurück zum ersten Mal mit Josh. Wir waren beide ganz schön betrunken an dem Abend, aber ich kann es nicht nur auf den Alkohol schieben. Der Sex mit ihm hat mir gefallen. Soll ich Aaron erzählen, was zwischen Josh und mir passiert ist? In mir brennt das schlechte Gewissen. Eigentlich waren wir ja gar nicht mehr zusammen, rede ich mir ein.

Er hat gesagt, er brauche eine Auszeit, stellt die leise Stimme in meinem Kopf fest. Das ist nicht das Gleiche. Wenn er sich wirklich nur klar werden musste, wie unsere Beziehung weitergeht, dann habe ich ihn betrogen.

Was er nicht weiß, macht ihn nicht heiß, denke ich. Aber andererseits habe ich das Bedürfnis, reinen Tisch zu machen. Vielleicht können wir noch mal ganz von vorn anfangen, wenn wir mal alles aussprechen, was zwischen uns steht.

Aber was, wenn er mir nicht verzeiht, dass ich mit einem anderen Mann Sex hatte? Sogar zwei Mal!

Von Minute zu Minute wird mir mulmiger, während ich mich meinem Ziel nähere. Als ich schließlich am Straßenrand vorm Haus halte und den Motor abstelle, bin ich völlig durch den Wind. Vielleicht war es doch keine so gute Idee, einfach herzukommen. Aber ich will mich auch nicht länger hinhalten lassen. Wenn er wirklich Schluss machen will, soll er es mir gefälligst ins Gesicht sagen, jetzt und hier.

»Also dann«, sage ich, nicke mir im Rückspiegel aufmunternd zu, fasse mir ein Herz und steige aus.

Als ich den Eingang erreiche, kommt gerade einer der Nachbarn raus, den ich schon ein paarmal gesehen habe. Er hält mir die Haustür auf und ich gehe nach oben. Die Wohnungstür ist nur angelehnt. Seltsam, denke ich noch beim Reingehen, aber egal. Das Apartment empfängt mich mit seinem typischen Geruch nach Junggesellenbude und ... Popcorn?

»Aaron?«

Keine Antwort.

Auf dem flachen Couchtisch im Wohnzimmer liegt ein blauer Plüschelefant. Ich strecke die Hand danach aus wie in Zeitlupe, nehme ihn und betrachte ihn mit einer Mischung aus Staunen und Verwunderung. Der Stoff ist weich und samtig. War der für mich gedacht? Und wenn ja, was will mir Aaron damit sagen? Vielleicht dass er bereit ist, mit mir ein Kind zu bekommen? Meine Kehle wird eng und ich schlucke. O Aaron ...

Eine Tür wird geöffnet und geschlossen und ich hebe den Blick Richtung Flur, aus dem mir ein blondes Mädchen entgegenhüpft, etwa drei Jahre alt. Als die Kleine mich bemerkt, bleibt sie wie angewurzelt stehen und betrachtet mich misstrauisch.

»Mister Trumpet«, sagt sie.

»Was?«, frage ich verwirrt.

Sie deutet auf den Elefanten in meiner Hand und ich starre sie an, als hätte ich eine Erscheinung. Genau wie die blonde Frau, die hinter ihr auftaucht.

»Oh, hi«, sagt sie. »Sind Sie der Babysitter?«

»Babysitter?«, stoße ich hervor.

»Toll, dass Sie so kurzfristig konnten, aber ...« Sie stutzt.

»Sind Sie nicht ein bisschen zu alt dafür?« Sie schenkt mir einen prüfenden Blick, dann schüttelt sie lachend den Kopf. »Ist ja auch egal, das ist so süß von Aaron, dass er sich darum gekümmert hat. Wir sehen uns viel zu selten, es wird wirklich Zeit, dass er endlich zu uns nach Washington zieht. Deshalb bin ich sofort hergekommen, als die Straßen frei waren«, sagt sie. »Also hab ich die Zwillinge geschnappt ...«

»Zwillinge?«, höre ich mich fragen.

»Ja, das ist Kaitlynn«, sagt sie und deutet auf das zuckersüße Kind.

Ihre Worte dringen zu mir wie durch Watte. Meine Ohren klingen und mein Kopf fühlt sich seltsam leicht an.

»Und Joelle muss eigentlich bei meinem Mann sein.« Sie sieht sich suchend um.

»Mann«, ächze ich, und die Erkenntnis sickert langsam in mein Hirn. Aaron ist verheiratet!

»Es war genau die richtige Entscheidung herzukommen. Weihnachten war einfach perfekt! All der Schnee und wir haben einen Ausflug in die Smoky Mountains unternommen. Das war so romantisch«, plappert sie und gerät richtig ins Schwärmen, während sie mir von ihrem perfekten Weihnachtsfest erzählt.

»Hey, Darling«, erklingt Aarons Stimme aus Richtung des Schlafzimmers und ich wirbele zu ihm herum.

Er kommt durch den Flur und trägt ein Mädchen auf dem Arm. Eine exakte Kopie ihrer Schwester - und ihrer Mutter, nebenbei bemerkt. Aaron sieht mich und erstarrt.

»Skye, was ...?«, fragt er und setzt die Kleine ab.

»Kannst du mir das erklären?«

Mit zwei Schritten ist er bei mir und fasst mich am Arm. »Kein Problem«, sagt er und wirft einen unbehaglichen Blick zu der Frau - seiner Frau! »Aber können wir das bitte draußen besprechen?« Er sieht mich eindringlich an.

»Nein!«

»Mach jetzt hier bitte keine Szene«, zischt er mir zu und zerrt an meinem Arm, aber ich mache mich von ihm los.

»*Ich* soll hier keine Szene machen?«, frage ich zurück, meine Stimme ist kurz davor, sich zu überschlagen.

»Werd nicht hysterisch.«

»Ich bin nicht hysterisch, ich ...« Nicht zu fassen. »Entschuldige, aber man kann schon mal leicht überreagieren, wenn man feststellt, dass ...«

»Es reicht!« Aaron packt mich am Arm. »Nicht vor den Kindern«, fügt er mit mahnendem Blick hinzu und zerrt mich hinter sich her nach draußen.

»Du meinst wohl eher, nicht vor deiner Frau?«, bemerke ich bissig. »Aber sie kann ruhig hören, was für ein Schwein du bist!«, füge ich lauter in Richtung Tür hinzu.

»Skye, bitte ...«

»Was ›Skye, bitte‹?«

»Lass mich erklären ...«

»Du brauchst mir gar nichts mehr zu erklären! Halt, doch: vielleicht wann du mir erzählen wolltest, dass du verheiratet bist? Das würde mich interessieren, auf die Erklärung bin ich wirklich gespannt.«

»Ich bin da irgendwie reingeschlittert«, sagt er und zuckt mit den Schultern.

»Irgendwie reingeschlittert?«

»Sie war so weit weg und ich einsam. Als ich dann dich getroffen habe ...«

»Hast du dir gedacht, das wäre doch ganz praktisch?«, vollende ich seinen Satz.

»Du warst so süß und ...«

»Bitte«, sage ich und unterbreche ihn mit einer knappen Handbewegung. »Erspar mir das.« Ich will nicht hören, dass ich bloß eine Affäre war.

»Was hätte ich denn tun sollen?«

»Aber jetzt wird mir einiges klar. All die Termine und Arbeitswochenenden für Mrs. Blacksmith, nichts als Lügen, weil du ein Doppelleben geführt hast!«

»Es war gar nicht so leicht, alles unter einen Hut zu bekommen.« Er verzieht das Gesicht zu einer gequälten Grimasse. Erwartet er jetzt etwa Mitleid?

»Ich dumme Kuh hab geglaubt, du arbeitest an deiner Karriere, an unserer Zukunft.« Dabei gab es die nie, weil ich nur seine Geliebte war. Wie konnte ich nur so blöd sein? Ich könnte mich ohrfeigen. »Die ganze Zeit hab ich gedacht, du legst deine Chefin flach, aber dabei war ich eigentlich der Grund zur Eifersucht.«

Ich lache trocken auf. Warum hab ich das nicht bemerkt? Nun, vielleicht weil seine Frau es auch nicht gecheckt hat. Aaron muss sich verdammt viel Mühe gegeben haben und ich habe es ihm auch noch leicht gemacht.

»Weißt du eigentlich, was ich alles geopfert habe für diese Beziehung? Allein die ganze Zeit, die ich im Auto gesessen habe, um zu dir zu fahren, wenn es dem werten Herrn gerade passte«, setze ich an. »Ich habe mich komplett nach dir gerichtet; sobald du gepfiffen hast, bin ich gesprungen. Ich hab auf eine feste Stelle verzichtet und arbeite stattdessen im Baumarkt, weil du mich seit Jahren nur hinhältst.«

»Ich wollte es dir ja sagen, aber dann war irgendwie nie der richtige Zeitpunkt und jetzt kam auch noch der Blizzard dazwischen.«

»Du wusstest genau, dass ich auf einen Antrag warte«, sage ich und funkele ihn wütend an. »Doch stattdessen hättest du mir gestanden, dass du schon verheiratet bist? Dass du Kinder hast und ...« Ich halte inne, weil mir Aarons Blick irgendwie komisch vorkommt. Er wirkt beinah ertappt.

»Moment mal!« Natürlich, es fällt mir wie Schuppen von den Augen. »Du hattest gar nicht vor, es mir zu erzählen, richtig?«

Wieder dieser schuldbewusste Blick.

»Du hättest es dabei belassen, dass du Abstand brauchst, und dich klammheimlich aus der Affäre gezogen?« Ich fasse es einfach nicht!

Wieder nur ein Achselzucken. Wenn er noch einmal mit den Schultern zuckt, flippe ich komplett aus.

»Es war die einfachste Lösung, die Sache zu beenden, ohne dich unnötig zu verletzen«, sagt er dann.

»Die Sache?« Tränen der Wut und Verzweiflung schießen mir in die Augen. »Ich habe dich geliebt. Ich habe mein Leben riskiert, um zu dir zu kommen. Und das alles nur, weil du zu feige warst, mir die Wahrheit zu sagen?« So langsam wird mir erst richtig klar, wie mies das alles ist. »Stattdessen wolltest du dich aus dem Staub machen, und ich hätte mich noch ewig gefragt, was falsch gelaufen ist.« Dabei war ich nie in diesem Plan vorgesehen. »Wegen dir habe ich meine Familie verleugnet«, schleudere ich ihm entgegen, aber er schüttelt den Kopf.

»Das kannst du nicht«, sagt er dann. »Dafür siehst du deiner Mutter viel zu ähnlich.«

»Du kennst meine Mom?«

Aaron schnaubt. »Ich hab sie nur zufällig gesehen, weil mein Kollege und ich an dem Abend nach der Veranstaltung am College noch in dem Schuppen gelandet sind, in dem sie arbeitet.«

Natürlich! Wieso sollte ein Mann, der jahrelang ein Doppelleben führt, nicht auch in einen Stripclub gehen? Gott, ich war so naiv! Trotzdem fühlt es sich an wie ein Schlag ins Gesicht. Dabei hätte ich gerade große Lust, ihm eine reinzuhauen. Was mich am allerwütendsten macht, ist, dass ich ...

»Wegen dir habe ich Josh einen Korb gegeben«, keuche ich entsetzt. Dem Mann, der Weihnachten gerettet hat und die ganze Zeit für mich da war.

Ich bin noch hier, sagt seine Stimme in meinem Kopf.

»Weißt du was, Aaron? Ich wünsche dir noch ein schönes Leben«, zische ich. »Und viel Spaß mit deiner Frau!«, rufe ich laut Richtung Tür. Ich schätze, die beiden haben heute noch einiges miteinander zu besprechen.

Dann wirbele ich auf dem Absatz herum, stürme die Treppen hinunter, aus dem Haus und rüber zum Auto, springe hinein und starte den Motor. Während ich zurücksetze, wird mir klar, dass sich Aaron noch nicht einmal entschuldigt hat. Nicht mit einer einzigen Silbe hat er erwähnt, dass es ihm leidtut.

Ich lege den Vorwärtsgang ein und trete so heftig aufs Gas, dass die Reifen durchdrehen. Dann fangen sie sich, bekommen Grip und der Wagen macht einen Satz nach vorne. Als ich um die Ecke biege, kann ich die Tränen nicht länger zurückhalten. Sie strömen aus meinen Augen und rinnen heiß über meine Wangen. Noch nie zuvor bin ich so gedemütigt und verletzt worden und es tut ihm noch nicht einmal leid.

# Kapitel Zwanzig

Es ist zu ruhig im Haus, seit Skye und der Hund nicht mehr da sind. Ich versuche die Stille mit dem Radio zu vertreiben, aber die Musik hilft nicht gegen das Gefühl der Einsamkeit. Mir fehlt ihre Anwesenheit, ihr Lachen, ihre Wärme. Aber sie ist zu ihrem Ex zurückgegangen. Weil ich nicht der Mann bin, der sie glücklich machen kann, sondern nur ein verdammter Loser.

Vermutlich sitzt sie jetzt gemütlich mit ihrem Aaron auf der Couch oder liegt mit ihm im Bett. Oder sie tun es gleich auf dem Sofa, weil sie es nicht mehr bis ins Schlafzimmer geschafft haben, so wie wir vorletzte Nacht.

Das Bärenfell zu meinen Füßen erinnert mich daran, wie sie ausgesehen hat im warmen Schein des Feuers. Wie sich ihr Körper unter meinen Händen aufgebäumt hat.

»Komm wieder runter«, sage ich zu mir selbst. Scheiße, ich führe schon Selbstgespräche.

Cool bleiben! Das war nur Sex, mehr nicht. Aber ich weiß, dass das nicht stimmt. In den paar Tagen ist sie mir nähergekommen als jede andere Frau vor ihr - und es ist auch nicht so, als ob es endlos viele gegeben hätte, im Gegenteil.

Klar, ich hatte meinen Spaß, besonders auf dem College. Aber wenn ich eine Freundin hatte und in festen Händen war, war ich immer treu. Im Vergleich zu anderen Footballern fällt meine Anzahl an Bettgeschichten also eher gering aus. Außerdem bin ich aus dem Alter auch raus und obendrein ist Heavenfield nicht der Ort, an dem es vor Frauen nur so wimmelt. Schon gar nicht vor blonden langbeinigen Frauen, die wirken wie ein Engel, aber tanzen können wie eine ausgebildete Stripperin.

Wenn ich also das Gesamtpaket bewerten müsste, würde ich sagen: Auf einer Skala von 1 bis 10 ist Skye eine glatte 11.

Wem mache ich eigentlich was vor? Ich habe mich in sie verliebt und sie ist zu ihrem Aaron zurückgekehrt.

»Weil ich mal wieder meinen Arsch nicht hochbekommen habe«, murmele ich vor mich hin. Ich weiß doch, wieso.

Für ein paar Tage habe ich wirklich geglaubt, ich hätte es hinter mir gelassen, dieses alte Leben. All den Schmerz über den Verlust und die Dunkelheit, die mich von innen auffrisst. Skye hat das Licht zurückgebracht. Die Idee eines besseren Lebens. Sie hat mir gezeigt, wie es sein könnte, wenn ich mich aufraffe, um wieder Fuß zu fassen und auf eigenen Beinen zu stehen. Sie hat mir einen Grund gegeben, an eine Zukunft zu glauben, aber sie will sie nicht. Zumindest nicht mit mir.

Während der Fahrt bin ich total durch den Wind. Ich bin so wütend und enttäuscht. Immer wieder kommen mir die Tränen und ich muss mehrfach anhalten, weil ich die Straße kaum erkennen kann. Aaron hätte sich einfach aus dem Staub gemacht, genau wie mein Vater. Genau wie alle

Männer in meinem Leben. Nur einer hat gesagt, er sei da. Josh. Der Mann, der mich bei sich aufgenommen und sich um mich gekümmert hat. Der süß und witzig war, und vor allem war er eines: absolut ehrlich, im Gegensatz zu Aaron.

Im Gegenteil, Josh hat mir nichts verschwiegen, weder seine Lage noch seine Depressionen. Selbst seine Sucht hat er zugegeben und er hat auch nichts beschönigt. Ganz ehrlich, welcher Mann würde zugeben, dass er impotent ist?

Auch wenn sich das nur als Nebenwirkung der Tabletten herausgestellt hat ... Die Tabletten!

Siedend heiß durchfährt mich die Erinnerung, dass er in den Supermarkt wollte. Natürlich! Das ist, was jeder Junkie macht, sobald sich die Gelegenheit bietet. Er besorgt sich neuen Stoff, und Josh braucht es noch nicht einmal heimlich zu tun. Er bekommt die Dinger vom Arzt verschrieben, vermutlich gleich für mehrere Wochen.

Also ist er jetzt allein da oben - mit einer Monatsration Psychopharmaka und einem Alkoholvorrat, mit dem man eine Bar betreiben könnte.

Er glaubt, dass du ihn für einen Loser hältst, stellt die Stimme in meinem Kopf nüchtern fest. Und ich habe nichts getan, um das richtigzustellen und in Ordnung zu bringen!

Plötzlich habe ich es sehr eilig, nach Hause zu kommen.

Seit Stunden sitze ich hier und starre das Fläschchen mit den Tabletten an, ringe mit mir, ob ich sie nehmen soll oder nicht. Es wäre so einfach, sie zu schlucken, alles in mir schreit danach. Aber dann wäre ich wieder der andere Josh. Prozac-Josh, der halbwegs klarkommt, weil die Dunkelheit in ihm unter Kontrolle ist. Der einfach so vor sich hin lebt, abgeschottet von seinen wahren Gefühlen. Nachdenklich drehe ich das Fläschchen in meinen Händen, dann öffne ich den Deckel, schüttele eine Kapsel heraus und betrachte sie. Sie sieht harmlos aus. Ihre grün-weiße Hülle verspricht Gesundheit. Die Nebenwirkungen sind so klein auf die Seite des Aufklebers gedruckt, dass man sie mit bloßem Auge kaum entziffern kann. Macht nichts, ich weiß, was da steht: Übelkeit, Schwindel, Herzrasen, das übliche Blabla. Aber eben auch: Persönlichkeitsveränderung, Stimmungsschwankungen und Depressionen. Es ist ein Witz, dass ein Mittel, das dagegen helfen soll, sie wieder auslösen kann. Und natürlich, last but not least, Impotenz.

Bei genauerer Betrachtung hab ich jede einzelne dieser Nebenwirkungen schon mindestens einmal gehabt.

Na und? Dann bin ich halt der, der keinen mehr hochkriegt, was aber auch ziemlich egal ist, da es ja sowieso niemanden interessiert.

Ich stehe am Scheideweg zwischen Abhängigkeit und Selbstbestimmung, und ich schwanke.

Die Frage ist doch: Will ich weiterhin die Marionette eines Wirkstoffs sein, der in meinem Hirn die Strippen zieht und mein Dasein bestimmt? Oder will ich mein Leben wieder selbst in die Hand nehmen?

Ich weiß es einfach nicht. Einerseits ist dies eine einmalige Chance, clean zu bleiben. Sie wird so schnell nicht wiederkommen, das ist mir bewusst. Ich weiß auch, dass ich die Tatsache, dass ich von dem Zeug weg bin, zum großen Teil Skye zu verdanken habe. Wäre sie während des kalten Entzugs nicht an meiner Seite gewesen, wäre ich vermutlich durchgedreht.

Auf der anderen Seite ist sie der Grund, warum ich diese Pille unbedingt nehmen will. Nicht um ihr eins auszuwischen, das wäre albern und kindisch. Sondern um den Schmerz nicht fühlen zu müssen. Nicht schon wieder. Es tut weh, eine Frau nach der anderen zu verlieren, weil ich ein erbärmlicher Schwächling bin. Und die einfachste Art, nicht darüber nachzudenken, ist diese Scheißkapsel zu nehmen und alles zu verdrängen, wie immer.

Feige, ich weiß.

Keine Ahnung, wie ich es bis nach Heavenfield schaffe, ohne einen Unfall zu bauen. Ich kann mich jedenfalls nicht erinnern, ob ich mich an die Geschwindigkeitsbegrenzung gehalten habe. Vermutlich nicht, aber ich habe auch nicht die Aufmerksamkeit der Polizei auf mich gezogen. Der Streifenwagen, mit dem Ryan immer unterwegs ist, parkt am Straßenrand neben unserer Einfahrt. Sehr gut!

»Du musst mich fahren!«, begrüße ich meinen Bruder, als ich das Haus betrete.

»Wohin?«

»Zur Ranger-Station.«

Mom streckt den Kopf in den Flur. »Wolltest du nicht zu Aaron? Wie siehst du denn aus?«, setzt sie mit Blick auf meine verheulten Augen hinzu.

»Schon okay«, entgegne ich und drücke ihr ihren Autoschlüssel in die Hand.

»Das sieht nicht aus, als ob alles okay wäre.«

»Wirklich, es ist nichts. Außer dass Aaron bereits verheiratet ist.«

»Oh, Schätzchen. Das tut mir leid«, sagt sie sanft.

»Wenigstens dir tut es leid. Ihm nämlich nicht. Er hat sich noch nicht einmal entschuldigt«, schniefe ich. »Stattdessen wollte er sich klammheimlich aus der Affäre ziehen, indem er mir die Schuld am Scheitern unserer Beziehung gegeben hätte.«

»So ein Wichser!«

»Mom!«

»Ist doch wahr«, sagt sie und verzieht unwillig das

Gesicht. Trotzdem schön zu wissen, dass sie hinter mir steht, auch wenn sie ihre Solidarität manchmal etwas grob formuliert.

»Danke, Mom.« Aus einem Impuls heraus umarme ich sie. »Hab dich lieb.«

»Ich dich auch.«

»Tut mir leid, dass ich wegen Aaron so doof zu euch war«, sage ich und habe schon wieder zu nah am Wasser gebaut.

»Manchmal macht die Liebe eben nicht nur blind, sondern auch blöd«, sagt Mom und wir liegen uns in den Armen und heulen beide.

Ryan lehnt im Türrahmen und grinst.

»Was gibt's da zu grinsen?«

»Nichts. Ich freu mich bloß, dass du endlich zur Vernunft gekommen bist. Und ich nehme mal an, der Grund dafür heißt Josh Dearing, richtig?«, fügt er hinzu und grinst noch eine Spur breiter.

Josh! »Komm«, treibe ich meinen Bruder an. »Wir müssen los.«

»Na, du hast es aber eilig«, stellt er kopfschüttelnd fest und lässt sich von mir nach draußen schieben.

Ryan steigt in den Streifenwagen und öffnet von innen die Beifahrertür.

»Ich hab Angst, dass er sich was antut.«

»Wieso sollte er?«

»Weil ich ihm wegen Aaron einen Korb gegeben habe und …«

»Und was?«

»Josh denkt, ich halte ihn für einen Loser.«

»Das hast du nicht gesagt, oder?«

»Na ja, nicht direkt.«

Ryan sieht mich entgeistert an. »Der Mann war ein Held. Er hat die College-Meisterschaft quasi im Alleingang gewonnen. Er hatte die Chance, einer der ganz Großen zu werden, bis das Schicksal ihm so übel mitgespielt hat. Und du nennst ihn einen Loser?«

»Hab ich ja gar nicht«, rechtfertige ich mich. »Er hat mir die Worte in den Mund gelegt«, füge ich hinzu, aber ich höre selbst, wie blöd das klingt.

»Ehrlich, Skye, du bist manchmal sowas von bescheuert«, mault Ryan und tritt aufs Gas.

Ryan nimmt die Kurve zur Abrams Creek Road sehr sportlich. Dabei nietet er fast die Briefkästen um, die hier unten stehen. Der linke gehört der Ranger-Station, der rechte Josh, wie ich jetzt weiß. Die Schnauze des Streifenwagens verfehlt ihn nur um Zentimeter, aber Ryan kümmert sich nicht darum.

Der Parkplatz vor der Ranger-Station ist verlassen, von Nick und dem Schneemobil keine Spur und auch die Pickups sind verschwunden.

»Verdammt! Los, fahr weiter«, treibe ich Ryan an. »Wenigstens bis zur Abzweigung zum Waldweg.«

»Und dann?«

»Keine Ahnung«, entgegne ich. »Vielleicht ist Nick dort.«

Ist er natürlich nicht, aber die Forstarbeiter sind ein ganzes Stück vorangekommen.

»Lass mich hier raus«, entscheide ich.

»Was?« Ryan sieht mich an, als ob ich nicht ganz dicht wäre.

»So weit ist es nicht mehr, den Rest schaffe ich zu Fuß«, sage ich und springe aus dem Wagen.

»Das ist viel zu gefährlich, die Sonne geht bald unter.«

»Hast du eine Taschenlampe?«

Ryan wühlt im Handschuhfach und reicht mir eine große MagLite. »Du musst verrückt geworden sein«, stellt er kopfschüttelnd fest.

»Mag sein«, entgegne ich. »Aber du hast Mom gehört, manchmal macht Liebe nicht nur blind, sondern auch blöd.«

»Okay, das ist ein Grund«, sagt Ryan und grinst. »Also los, lass uns gehen.«

»Du kommst mit?«

Ryan betrachtet mich mit einem nachsichtigen Lächeln. »Denkst du echt, ich lasse meine kleine Schwester alleine durch den Wald laufen?«

Ist vielleicht auch besser, wenn er mitkommt. Ich will mir gar nicht ausmalen, was wir vorfinden, wenn wir die Hütte erreichen. Und außerdem ist nicht gesagt, dass Josh mich jemals wiedersehen will. Nach dem, was ich ihm an den Kopf geworfen habe, ist es vermutlich sicherer, eine Möglichkeit zu haben, ins Tal zurückzukommen, wenn er mich rausschmeißt.

Der unebene Schnee zwischen den Bäumen macht es uns nicht gerade leicht, deshalb kommen wir nur langsam voran. Verbissen kämpfe ich mich durch kniehohe Stellen, rutsche auf glitschigen Wurzeln und Ästen aus, aber ich bleibe nicht stehen. Meine Angst um Josh treibt mich vorwärts.

Auf den letzten Metern schlittere ich den Abhang hinunter und kann einen Sturz nur um Haaresbreite vermeiden, rudere wild mit den Armen und fange mich. Ryan ist dicht hinter mir, aber ich habe keine Zeit mehr, auf ihn zu warten, sondern stürme auf die Hütte zu. Im Innern brennt Licht. Durch die Ritzen der Fensterläden dringt ein warmer gelber Schein und vermittelt einen heimeligen Eindruck. Ich hoffe nur, er trügt nicht.

Mit klopfendem Herzen hebe ich die Hand und hämmere mit der Faust gegen die Tür.

Bitte, bitte, mach auf, flehe ich stumm.

Gerade will ich wieder gegen die Tür schlagen, als sie

sich öffnet. Mitten in der Bewegung halte ich inne. Josh sieht nicht gut aus, sein Haar ist zerzaust, als hätte er es lange gerauft. Aber seine Augen sind klar und schauen mich ungläubig an.

»Skye!« Sie ist es tatsächlich, aber sie wirkt aufgewühlt. Ihre Augen sind verquollen, als hätte sie stundenlang geweint.

»Was ist?«, frage ich irritiert und blicke von ihr zu Ryan und wieder zurück.

»Wir haben uns Sorgen gemacht.«

»Um mich?«

»Wegen der Tabletten«, sagt sie und sieht mich eindringlich an. »Ich hatte Angst.«

»Wovor?«

»Dass du dir was antust.«

»Deinetwegen?« Ich hebe die Augenbrauen. Das ist doch lächerlich! Wir waren zweimal miteinander im Bett, beziehungsweise auf dem Fußboden. Wegen dem bisschen Sex werde ich nicht die Nerven verlieren, aber dank der Anwesenheit ihres Bruders erspare ich mir und ihr den Kommentar. »Das wäre wohl ein wenig übertrieben, findest du nicht?«, setze ich stattdessen hinzu und gebe mich kühl.

»Ja, stimmt, wäre es wohl«, stammelt sie und wird rot.

»Also wenn alles in Ordnung ist«, schaltet Ryan sich ein, »Dann können wir ja wieder gehen.«

»Alles bestens«, versichere ich und ringe mir ein Lächeln ab, obwohl mir nicht danach zumute ist.

»Das sieht nicht so aus«, widerspricht Skye.

»Also gut, bitte, überzeug dich selbst«, sage ich ärgerlich und halte ihr die Tür auf. Sie schiebt sich an mir vorbei und bleibt unschlüssig mitten im Raum stehen. Ihr Blick gleitet über den Beistelltisch und das Fläschchen mit den Prozacs. »Wie viele hast du genommen?«, fragt sie alarmiert.

»Was interessiert es dich? Ich brauche kein Kindermädchen!«

»Sag«, drängt sie und so langsam geht es mir auf den Geist.

»Gar keine«, sage ich und deute auf die einzelne Kapsel, die da liegt. »Zufrieden?«

Sie nickt zögerlich. »Ja, tut mir leid, es geht mich ja auch nichts an.«

»Stimmt«, bemerke ich grimmig. Dass ich vier Stunden mit mir gehadert habe, braucht sie nicht zu wissen.

»Gut«, sagt Ryan. »Dann ist ja alles klar. Ich würde nämlich wirklich gern am Auto sein, bevor es komplett dunkel ist.«

»Kein Problem«, sage ich. »Oder gibt es sonst noch was?«

Skye windet sich unter meinem prüfenden Blick.

»Nein, nichts, ich ... Können wir reden?« Sie sieht mich an.

»Wolltest du nicht zu deinem Aaron?«

Skye schüttelt den Kopf. »Nicht mehr«, sagt sie und mein Herz schlägt unwillkürlich zwei Takte schneller.

»Ihr klärt das besser unter euch«, sagt Ryan. »Ich glaube, ich störe hier bloß.« Er zwinkert mir zu und lässt uns allein.

Josh sieht Ryan nach, der hinter sich die Tür schließt. Dann dreht er sich zu mir um und zieht mich in seine Arme. »Freut mich, dass du es dir anders überlegt hast.«

»Ich ... Seine Frau war da«, bekenne ich leise und schlucke.

Josh erstarrt. »Seine ... Moment, was?«

»Aaron hat mir die ganze Zeit was vorgespielt. Er ist verheiratet und hat Kinder. Zwillinge.«

»Ach?« Josh lässt mich los, tritt einen Schritt zurück und funkelt mich herausfordernd an. »Und deshalb bin ich jetzt wieder gut genug? Wenn der Supertyp schon vergeben ist, probieren wir es mal mit dem Loser, oder wie?« Er schnaubt höhnisch durch die Nase. »Wenn das so ist, hättest du lieber mit deinem Bruder nach Hause fahren sollen.«

»So ist es aber nicht«, sage ich und sehe ihm fest in die Augen.

»Sondern?«

»Ich ... Ich hab mich in dich verliebt.«

»Trotzdem bist du zu ihm gegangen und hast dich gegen mich entschieden«, stellt Josh nüchtern fest. »Und jetzt hat er dir die Entscheidung abgenommen. Also was erwartest du von mir?«

»Eine zweite Chance?«, frage ich verzagt. »Ich weiß, dass das blöd war, aber was hättest du denn an meiner Stelle getan? Wenn du seit zweieinhalb Jahren mit jemandem zusammen gewesen wärest, hättest du dann alles hingeschmissen? Nach vier Tagen?«

»Weiß nicht«, gibt er zu. »Vermutlich nicht.«

»Wenn ich mit jemandem zusammen bin, bin ich treu und loyal und definitiv nicht bereit, das einfach kampflos aufzugeben. Das ist eben meine Art, ich kann nicht aus meiner Haut.«

»Sind ja auch nicht die schlechtesten Eigenschaften.« Er hebt einen Mundwinkel und schenkt mir ein schiefes Lächeln.

»Ich brauchte das einfach. Einen klaren Schlussstrich unter das Alte, bevor ich mich auf etwas Neues einlassen kann. Und auch wenn er komplett anders war, als ich erwartet hatte, ist mir eines klargeworden: Ihr hattet recht. Alle, die ganze Zeit. Du, Mom, mein Bruder. Jeder hat mir gesagt, dass der Traum, dem ich hinterherjage, nicht echt sei. Perfektion sei nur eine Illusion. Aber ich wollte auf euch nicht hören, auf niemanden.«

»Nein, wolltest du nicht«, stellt er fest und nickt.

»Ich war so verblendet, dass ich es einfach nicht gesehen habe, nicht sehen konnte, verstehst du? Und wieder hattest du recht«, füge ich hinzu. »Es war schon lange vorbei. Aaron hat mich nur benutzt und hätte sich einfach aus meinem Leben geschlichen, ohne eine Erklärung oder einen Grund.«

»Nun kennst du ihn.«

»Ich habe das gebraucht«, sage ich. »Das heute, seine Familie zu sehen, hat mir die Augen geöffnet. Denn seine Frau glaubte vermutlich auch, sie führt ein perfektes Leben. Mit den perfekten Kindern und einem perfekten Ehemann«, fahre ich fort. »Sie hat mir sogar von ihrem ach so perfekten Weihnachtsfest erzählt.«

»Autsch.«

»Ja richtig, das tat weh. Aber dann ist mir klargeworden, dass ihr Fest eben nicht perfekt war, sondern eine einzige große Lüge; und das, was ich hatte, war viel besser.«

Josh hebt eine Augenbraue. »War es das?«

»Ja«, sage ich und sehe ihn an. »Denn ich war mit dem Mann zusammen, der Weihnachten rettet, wenn alles schiefgeht. Der Pfannkuchen backt und Schneemänner baut und der angefangene Dinge zu Ende bringt«, füge ich lächelnd hinzu.

Seine Augen blitzen auf, er hat die kleine Anspielung auf unser erstes Mal verstanden, aber ich bin noch nicht fertig.

»Du bist der aufrichtigste, ehrlichste und aufmerksamste Mann, den ich jemals kennengelernt habe. Einer, der sogar an den leeren Rucksack für den Hund denkt, wenn ich ihm vorschlage, zu Fuß durch einen Schneesturm zu laufen. Aber vor allem warst du da, als ich dich gebraucht habe.«

»Und ich habe nicht vor, wieder wegzugehen«, sagt er und blickt mir fest in die Augen.

»Heißt das …?«

»Halt endlich die Klappe, Cooper«, sagt er und zieht mich in seine Arme. »Ich werde sonst noch rot.« Er küsst mich zärtlich und hingebungsvoll, und irgendwie ist das auch Antwort genug.

»Tut mir leid, dass ich dich einen Loser genannt habe«, murmelt Skye an meinen Lippen. »Das hab ich nicht so gemeint.«

»Schon okay, du hast ja recht«, gebe ich zurück und mache mich von ihr los. »Ich war ein Loser, aber damit ist jetzt Schluss!«

Einem spontanen Impuls folgend gehe ich rüber zum Beistelltisch, nehme die Kapsel und befördere sie zurück in das Fläschchen. Dann gehe ich damit zur Tür, öffne sie und nehme einen Schritt Anlauf.

»Was machst du?«, keucht Skye entsetzt, aber ich lasse mich nicht beirren.

»Mich befreien«, antworte ich und schleudere das Fläschchen weit von mir. Es fliegt in hohem Bogen und verschwindet in der Dunkelheit. Mein Wurf war auch schon mal besser. »Bin wohl doch etwas eingerostet«, murmele ich und reibe mir mit der anderen Hand den Oberarm.

»Bist du dir sicher, dass du sie nicht mehr brauchst?«, fragt Skye etwas atemlos.

»Absolut«, sage ich. »Ich habe alles, was ich brauche«, füge ich hinzu und ziehe sie wieder in meine Arme. »Und du?«

»Ich habe auch alles«, sagt sie und ich versinke in ihren strahlend blauen Augen, während ich mich zu ihr runterbeuge, um sie küssen.

Wir stehen da und knutschen wie verliebte Teenager, bestimmt zehn Minuten lang.

»Und jetzt?«

»Lassen wir uns einschneien?«, schlägt sie vor.

»Von mir aus gern, aber musst du nicht arbeiten?«

»Ich pfeif auf den Job«, sagt sie. »Außerdem weiß Mr. Munroe nicht, dass ich zwischenzeitlich gar nicht mehr festsaß.«

»Ist dir nicht warm?«, frage ich mit Blick auf ihre dicke Winterjacke. »Also mir wird langsam echt heiß«, füge ich hinzu.

»Doch«, sagt sie und ich helfe ihr heraus.

»Ähm, Skye«, setze ich an und blicke mich, mit der Jacke in der Hand, suchend um.

»Was?«

»Hattest du sonst nichts dabei?«, frage ich.

»Den Hund habe ich diesmal zu Hause gelassen.«

»Ich meinte eine Tasche oder einen Rucksack oder so was.«

»Nein, ich ...« Sie stutzt. »Ich hatte es so eilig, zu dir zu kommen, dass ich gar nicht daran gedacht habe. Aber ist ja auch egal«, sagt sie und lächelt verschmitzt. Ich liebe es, wenn sie so lächelt.

»Ich sag ja, ich habe alles, was ich brauche«, versichert sie nachdrücklich und unterstreicht ihre Worte mit einem zärtlichen Kuss.

»Gut und schön«, sage ich dann. »Aber ... was ist mit Kondomen?«

Sie wird bleich. »Oh, Shit«, murmelt sie. »Wie viele haben wir noch?«

»Eins«, antworte ich mit Grabesstimme. Skye sieht mich entsetzt an und ich breche in schallendes Gelächter aus.

»Was ist daran so komisch?«

»Nichts«, gebe ich kichernd zurück.

Die Vorstellung, hier tagelang mit der heißesten Frau der Welt und nur einem einzigen Kondom festzusitzen, ist überhaupt nicht lustig, um genau zu sein. Aber die Mischung aus Entsetzen und purer Verzweiflung in ihrem Gesicht ist einfach zum Piepen.

»Gar nichts«, sage ich und blicke sie ernst an. »Dann werden wir uns das wohl gut einteilen müssen. Und außerdem«, füge ich hinzu, »fallen mir gerade tausend andere Dinge ein, die ich trotzdem mit dir anstellen kann.«

Skyes Augen blitzen auf. »Verrätst du sie mir?«

»Besser«, raune ich an ihrem Hals.

Die feinen Härchen in ihrem Nacken richten sich auf. Eine Gänsehaut läuft über ihre Haut. Ich folge ihr mit meinen Fingerspitzen bis zum Ausschnitt ihres Shirts, schiebe meine Hand hinein, unter ihren BH und wölbe sie um ihre Brust. Skye stöhnt auf. Ihr Atem streicht über mein Ohr, sendet einen heißen Schauer bis hinunter in meine Lenden.

»Komm mit«, sage ich. »Ich zeig sie dir.« Ich nehme ihre Hand und ziehe sie hinter mir her zum Bärenfell.

# Kapitel Einundzwanzig

Ich kann mich nicht erinnern, wann wir zuletzt alle um diesen Esstisch gesessen und gemeinsam gegessen haben. Mom hat sich extra freigenommen, obwohl es an Silvester üblicherweise im Club hoch hergeht, und Nick hat uns mit dem Schneemobil rausgeholt. Da wir schon Weihnachten verpasst haben, hat Mom drauf bestanden, mit uns allen zu feiern. Wie eine große, glückliche Familie. Und irgendwie sind wir das heute Abend auch.

»Willst du noch ein Stück Lasagne, Josh?«, fragt sie und macht Anstalten, eine weitere Portion auf seinen Teller zu schaufeln.

»Nein danke, Mrs. Cooper«, wehrt er ab.

»Mrs. Cooper ist die Mutter meines ersten Exmannes«, bemerkt Mom schmunzelnd. »Nenn mich ruhig weiter Sue. Auch wenn ich nicht Skyes Schwester bin«, schiebt sie nach und zwinkert mir zu.

»Was hätte ich denn sagen sollen?«, rechtfertige ich mich. »Hätte ich vielleicht abwarten sollen, bis du von deinen Absätzen anfängst?«

»Jetzt sitzen sie wieder bombenfest«, bemerkt Mom zufrieden und blickt an sich hinab auf ihre Plateauschuhe mit Acrylsohle. »Nicht doch noch ein bisschen Lasagne, Josh?«, vergewissert sie sich und hält ihm aufmunternd die Auflaufform entgegen. »Sonst stelle ich sie weg.«

»Ehrlich, ich platze gleich.« Er lehnt sich zurück und streckt demonstrativ den Bauch raus.

Miley kichert. »Du bist fast so dick wie der Weihnachtsmann.«

»Aber ich hab keinen weißen Bart«, sagt Josh gutmütig.

Er kann gut mit Kindern umgehen, wie es scheint. Zumindest hat er noch kein einziges Mal signalisiert, dass sie ihm auf den Geist gehen. Dabei hängen Miley und Heavenly pausenlos an ihm dran und er musste schon ihre Stofftiersammlung bewundern und die Barbiepuppen kämmen. Selbst das hat er klaglos über sich ergehen lassen.

»Ihr kleinen Plagegeister geht jetzt mal ins Bett«, sage ich zu ihnen und scheuche sie vor mir her ins Bad.

»Aber wir wollen doch noch das Feuerwerk sehen.«

»Das ist viel zu spät«, widerspreche ich.

»Aber Mom hat's erlaubt«, quengelt Heavenly. Natürlich, was auch sonst?

»Na, wenn sie es erlaubt hat«, entgegne ich seufzend, verdrehe die Augen und meine Schwestern hüpfen kichernd zurück ins Esszimmer, wo bereits Ryan meinen Freund in Beschlag genommen hat.

»Erzähl noch mal von dem Spiel, als ihr die Meisterschaft gewonnen habt«, sagt er gerade mit leuchtenden Augen und beugt sich gespannt vor.

»Tut mir leid, Bruderherz, daraus wird jetzt nichts«, gehe ich dazwischen und nehme Josh bei der Hand. »Ihr könnt noch genug über Football reden. Aber jetzt hätte ich meinen Freund gern ein wenig für mich allein.«

»Schon klar«, sagt Ryan und grinst anzüglich.

»Nicht das, was du denkst«, sage ich und ziehe Josh demonstrativ zur Terrassentür.

»Und?«, frage ich gespannt, als wir draußen stehen und endlich ungestört sind. »Was sagst du?«

»Ich weiß gar nicht, was du hast«, gibt er achselzuckend zurück und grinst. »Die sind doch alle voll in Ordnung.«

»Ehrlich?«, hake ich nach. »Nicht zu anstrengend?«

Josh winkt ab. »Ach was. Na ja, okay, vielleicht ein bisschen. Alle Namen der Stofftiere erzählt zu bekommen war echt hart, aber sonst ging's.« Er knufft mir in die Seite. »Wirklich, Cooper. Deine Familie ist nett, ich mag sie. Deine Mom ist spitze und sie kann gut kochen.«

»Lasagne ist das Einzige, das sie halbwegs hinbekommt, ohne die Küche abzufackeln.«

»Hat gut geschmeckt.«

»Die hab ich ja auch gemacht«, sage ich zwinkernd. »Aber verrat ihr nicht, dass ich es dir erzählt habe. Sie gefiel sich heute so gut in ihrer Mutterrolle.«

»Ich werde schweigen wie ein Grab«, sagt Josh und fährt sich mit den Fingern über die Lippen, als würde er einen Reißverschluss zuziehen.

»Aber wenn sie noch einmal mit dir flirtet, drehe ich ihr den Hals um.«

»Hat sie doch gar nicht«, protestiert Josh.

»Hat sie wohl.«

»Mag sein«, sagt er leichthin. »Aber wenn, dann hab ich es nicht bemerkt. Ich hatte sowieso nur Augen für dich.«

»Charmeur.«

»Ist so.« Er zieht mich in seine Arme und sieht mich an.

»Ich muss dir was erzählen«, beginne ich.

»Ich dir auch.«

»Du zuerst.«

»Okay«, sagt er. »Also dann ... Vor dir steht der neue Trainer der Heavenfield Eagles.«

»Wirklich?«

»Ja, übermorgen ist das erste Probetraining, und wenn alles glatt läuft, fange ich nächste Woche an.«

»Das ist wunderbar«, sage ich, obwohl er wirklich nicht arbeiten müsste. Als Josh mir die Summe genannt hat, die er als Schmerzensgeld nach dem Unfall bekommen hat, ist mir kurz schwindelig geworden. Aber eine feste Aufgabe wird ihm guttun, das weiß ich. Und außerdem ...

»Dann werden wir ja quasi Kollegen«, bemerke ich schmunzelnd.

»Wieso?«

»Nun, ich habe gestern im Sekretariat der Highschool angerufen und ganz zufällig erfahren, dass Jane Barnes schwanger ist. Ab März übernehme ich ihre Stelle als Englischlehrerin, erstmal übergangsweise. Aber Jane hat mir erzählt, dass Francis und sie gern mehrere Kinder hätten. Und mit dem zweiten wollen sie sich nicht allzu viel Zeit lassen, damit der Altersunterschied nicht zu groß ist.« Kluge Entscheidung, wenn man mich fragt. Nichts ist so nervig wie viele jüngere Geschwister.

»Na, dann fehlt ja jetzt bloß noch eines«, sagt Josh und geht vor mir auf die Knie.

»Was tust du denn da?«, frage ich entsetzt. »Steh sofort wieder auf«, füge ich hinzu, doch er schüttelt den Kopf und lächelt.

»Skye Cooper«, beginnt er und ich halte den Atem an. »Ich habe zwar keinen Ring, aber ... Willst du mich heiraten?«

»Bist du jetzt vollkommen verrückt geworden?«

»Es ist mein voller Ernst.«

Hinter mir erklingt ein aufgeregtes Quietschen, und als ich mich umdrehe, sehe ich, dass meine komplette Familie versammelt an der Terrassentür steht und uns gespannt beobachtet.

»Aber …«, stammele ich. »Wäre das nicht überstürzt? Wir sind erst seit drei Tagen zusammen.«

»Na und?«, gibt er zurück. »Du wolltest doch Verbindlichkeit.«

»Bist du dir sicher?«

»Absolut«, sagt er und ich kann in seinen Augen keine Anzeichen entdecken, dass er gerade Witze macht. »Das ist kein Scherz«, sagt er. »Ich meine das wirklich ernst. Aber …«

»Aber was?«

»Könntest du wohl etwas schneller drüber nachdenken? Der Schnee ist wirklich nicht gut für mein Knie.«

»Ja, natürlich, ich …«

»War das ein Ja?«, fragt er hoffnungsvoll.

»Ja. Ich glaub, schon«, sage ich. Das ist absolut verrückt!

Josh erhebt sich und unterdrückt ein Stöhnen. »Danke«, raunt er mir zu. »Nur das wollte ich hören, Mrs. Dearing.«

»Du bist verrückt«, beharre ich.

»Ja, nach dir«, murmelt er an meinen Lippen und küsst mich.

Hinter mir höre ich Ryan johlen und klatschen.

»Außerdem waren wir die letzten drei Tage eingeschneit, falls ich dich daran erinnern darf«, flüstert Josh mir ins Ohr. »Mit nur einem Kondom«, fügt er hinzu. »Wenn da also irgendwas schiefgegangen ist …«

»Mal den Teufel nicht an die Wand!«

»Nur zur Sicherheit«, beeilt er sich zu sagen. »Für den Fall der Fälle möchte ich nicht, dass unser Kind unehelich auf die Welt kommt.«

»Damit macht man keine Witze.«

»Würde ich nie wagen«, sagt er und hebt die Finger zum Schwur. »Aber meine Freundin ist sehr spießig, musst du wissen. Für sie muss immer alles perfekt sein.«

»Stimmt doch gar nicht!«, entgegne ich entrüstet. »Die

Dinge sind doch viel schöner, wenn sie auch Ecken und Kanten haben, das macht sie authentisch.«

»Das sind ja ganz neue Töne.«

»Perfektion ist doch langweilig«, sage ich. »Und manchmal ist das Unperfekte genau richtig.«

»Du bist echt kompliziert. Aber genau dafür liebe ich dich«, sagt Josh und verschließt meinen Mund mit einem zärtlichen Kuss.

Auch wenn an Josh nicht alles perfekt sein mag, ist er das Beste, was mir passieren konnte. Wie es aussieht, habe ich meinen Mr. Right gefunden und ich lasse ihn nie wieder los.

ENDE

## Liebe Leserin

Die zurückliegenden Monate waren für uns alle nicht leicht. Deshalb hoffe ich, dass ich dich für eine Weile aus dem grauen Alltag in die heile Welt Heavenfields entführen konnte.

Wenn dir das Buch gefallen hat, lass am Ende des E-Books ein paar Sternchen da, wenn du beim Verlassen dazu aufgefordert wirst. Oder verfasse eine Rezension auf Amazon. Das muss keine aufwändige Buchbesprechung sein. Schon ein paar kurze Sätze, was dir gefallen hat, helfen anderen Lesern bei ihrer Entscheidungsfindung für das nächste Buch.

Apropos nächstes Buch: Wenn du über Neuerscheinungen oder Preisaktionen auf dem Laufenden bleiben willst, abonniere einfach meinen Newsletter Claras Flaschenpost: https://claragabriel.de/flaschenpost.html

Auch über Zuschriften per Mail freue ich mich sehr. Du hast Lob, Kritik, Anregungen, Fragen? – Immer her damit! post@claragabriel.de

Damit verabschiede ich mich in die wohlverdiente Winterpause, in der ich an neuen Projekten arbeiten werde.

Wenn du noch mehr Reisegeschichten mit Herz und

Fernwehgarantie lesen willst, findest du alle meine Bücher hier: https://www.amazon.de/stores/page/9E7080A0-598F-4C83-A7FD-497CEDBE5DC6

Ich wünsche dir und deinen Lieben ein frohes und besinnliches Weihnachtsfest. Auch wenn es dieses Jahr vielleicht ein bisschen anders wird, als wir es gewohnt sind. Denk an Skye, es kann nicht immer alles perfekt sein und manchmal sind die unperfekten Dinge sogar noch viel schöner. Macht es euch kuschelig. Und vor allem: Macht das Beste daraus.

Merry Christmas!

Deine Clara Gabriel

## Rezept „Skyes Haferflocken-Cookies"

- 125 g weiche Butter
- 125 g Zucker
- 1 Ei
- 1 Prise Salz
- 100 g Haferflocken
- 100 g gemahlene Mandeln
- 75 g Mehl
- 1 Tl Backpulver
- 1 Pr. Zimt

Alle Zutaten in einer Schüssel vermengen. Den Ofen auf 180 Grad vorheizen und ein Blech mit Backpapier auslegen. Mit einem Löffel etwas Teig abstechen und daraus mit der Hand kleine Kugeln formen. Die Kugeln mit großem Abstand auf das Blech legen, denn sie zerlaufen beim Backen.

Auf mittlerer Schiene ca. 12 - 15 Min. backen.

Wenn die Ränder goldbraun werden, die Kekse rausnehmen und mit dem Backpapier auf einem Gitter auskühlen lassen. Wenn sie frisch aus dem Ofen kommen, sind die Kekse zäh und biegsam, aber beim Auskühlen werden sie knusprig und lassen sich dann ganz leicht vom Backpapier lösen. In einer luftdichten Dose halten sie mehrere Wochen.

Viel Spaß beim Nachbacken!

## Dank und Liebe

Wie immer gibt es ganz viele Menschen, denen ich danken möchte.

Tausend Dank meiner Lektorin Claudia Pietschmann, die mit dem Spürsinn eines Trüffelschweins und ihrer inzwischen schon sprichwörtlichen „engelsgleichen Grobheit“ regelmäßig dafür sorgt, aus meinem wirren Gestammel lesbare Bücher zu machen.

Besonderer Dank gebührt meiner Familie, der Affenbande und meinem Blogger-Team „Claras Crew“. Danke, dass ihr den ganzen Autoren- und Schreibwahnsinn er- und mittragt. Eure Unterstützung bedeutet mir sehr viel.

Herzlichen Dank meinen Autorenkolleginnen Melanie Reichert, Jennifer Jancke, Sam Bennet, Josie Kju, Mia Caron, Brina Stein, Marcella Fracchiolla und Marie Keller/Claudia Pietschmann für stets offene Ohren, Ratschläge und kollegialen Austausch. You rock, girls!

Und schließlich: Danke dir, liebe Leserin. Denn ohne euch Leser*innen da draußen, die meine Bücher kaufen und lesen, würde das alles überhaupt keinen Sinn machen. Ihr seid der Grund, aus dem ich mittlerweile mein sechstes

Buch veröffentlicht habe, und solange ihr lest und es euch gefällt, ist kein Ende in Sicht.

## Weitere Bücher von Clara Gabriel

**Heavenfield Hearts 1: Kopfüber ins Glück**

Die zweiunddreißigjährige Liz besitzt alles, was sich eine Frau wünscht. Nur eines nicht: ein kleines Abenteuer, das ihre Augen zum Funkeln bringt. Kurzerhand gibt sie ihrem Schicksal eine neue Wendung und löst ihre Verlobung. In einem alten Van bricht sie zu einem Roadtrip auf und landet durch Zufall in Heavenfield, wo sie beim Tanken auf den sieben Jahre jüngeren Noah trifft. Noah ist fasziniert von Liz. In seinen Augen ist sie die perfekte Frau. Die Sache hat nur einen Haken: Sie ist auf der Durchreise.

Hals über Kopf stürzen sie sich in ein Abenteuer, von dem keiner will, dass es endet. Doch ihr altes Leben holt Liz früher ein als gedacht und sie muss sich entscheiden: Ist Noah der Richtige für sie oder ist ihre Liebe nur ein Strohfeuer?

**Heavenfield Hearts 2: Die Farben deiner Liebe**

Keisha und Granny sind verzweifelt: Ein Sturm hat das Dach des Diners abgedeckt, aber die Reparatur können sie sich nicht leisten. Aus heiterem Himmel steht Zimmermann Brad vor der Tür und bietet seine Hilfe an.

Die selbstbewusste, unabhängige Afroamerikanerin Keisha bringt Brads Herz mehr aus dem Takt, als ihm lieb ist. Zwischen ihnen knistert es gewaltig, aber Brad verbirgt ein Geheimnis, das so schrecklich ist, dass es die zarten Gefühle zerstören könnte.

Als Keisha es herausfindet, scheint alles verloren. Oder bekommt ihre Liebe noch eine Chance?

**Rettungsring für zwei – Kreuzfahrt-Liebe Band 1**

Leinen los! Die MS Stella Maris sticht in See, nimmt Kurs auf die Liebe und steuert mitten ins Herz.

Maries Leben läuft ganz nach Plan. Bis ihr Verlobter drei Tage vor der Hochzeit tödlich verunglückt. Ihre Freundin Eva überredet sie, dennoch in die Flitterwochen zu fahren. Wäre doch schade, die Karibik-Kreuzfahrt sausen zu lassen. Dumm nur, dass es sich bei der Reise um das Romantik-Special handelt, denn nach Romantik steht Marie gerade gar nicht der Sinn. Wenn da nicht Paul wäre, der glaubt, dass sie sich etwas antun will, und entschlossen ist, sie zu retten. Doch das Einzige, was in Gefahr gerät, ist Maries Herz, und ehe sie sich's versieht, verliebt sie sich in den einzigen Mann an Bord, bei dem sie das besser gelassen hätte. Denn Paul ist nicht der, für den sie ihn hält ...

**Kreufahrtliebe 2: Küss mich, du Komiker**

Es gibt einen Mann auf diesem Planeten, den die Karrierefrau Victoria ganz sicher nicht sehen will, als sie auf Kreuzfahrt geht, um ein paar Tage abzuschalten. Der Comedian David Baum macht ihr mit seiner Initiative gegen ihren Pharma-Konzern das Leben schwer. Blöd, dass ausgerechnet er als Stargast der Reise durch Mittelamerika und die Karibik gebucht wurde. Auf diesen Komiker hätte Victoria getrost verzichten können. Doch wie es scheint, kann nur er ihr dabei helfen, ihren Ex Philipp zurück zu gewinnen. Der verbringt seine Ferien ebenfalls an Bord, zusammen mit seiner neuen Freundin. Und die wiederum würde viel besser zu David passen, wie Victoria findet. Wenn da nicht die Tatsache wäre, dass er sie zum Lachen bringt und eine Seite in ihr weckt, die Victoria an sich noch nicht kannte ...

**Postkarten an Dora – Clara Gabriels historischer Debütroman**

Deutschland im Herbst 1905: Wenn es nach ihrem Vater ginge, soll Dora Lehrerin werden, die Mutter sähe sie am liebsten unter der Haube. Doch die Siebzehnjährige hat andere Pläne, denn sie träumt von einer Karriere als gefeierte Schauspielerin im fernen Amerika. Der junge Offizier Alfred verliebt sich in sie, doch auch er kann sie nicht aufhalten. Dora brennt durch und begibt sich auf eine spannende Reise, die sie nicht nur auf die Bühne, sondern auch ins »falsche Amerika« führt. Doch weder mit der Karriere noch mit der Liebe läuft alles so leicht wie gedacht …